10
18

12, AVENUE D'ITALIE. PARIS XIIIe

Sur l'auteur

William Chambers Morrow est né en Alabama en 1854. À vingt-quatre ans, il s'installe à San Francisco et collabore à de nombreux journaux auxquels il donne ses nouvelles. Quelques-unes seront rassemblées en volume, en 1896, sous le titre *Le Singe, l'idiot & autres gens*. Mais il se désintéresse peu à peu de son œuvre littéraire pour se consacrer au journalisme, plus lucratif. Lorsqu'il meurt en 1923, ses nouvelles fantastiques, l'essentiel de son œuvre littéraire, sont encore dispersées dans les journaux. Il faudra attendre le XXIe siècle pour qu'elles renaissent.

W. C. MORROW

DANS LA PIÈCE DU FOND

Neuf nouvelles

Traduit de l'américain
par Jean-Baptiste DUPIN

10
18

« Domaine étranger »

dirigé par Jean-Claude Zylberstein

FINITUDE

ISBN 978-2-264-04255-2

Il serait inexact de dire que William Chambers Morrow n'a pas la place qu'il mérite dans l'histoire de la littérature fantastique : encore faudrait-il qu'on lui en ait accordé une. Dans son essai Epouvante et surnaturel en littérature, *l'une des premières études approfondies du genre, Lovecraft ne lui réserve pas même un strapontin. Pourtant, cet ami d'Ambrose Bierce semblait être destiné à une reconnaissance large et rapide et ce, des deux côtés de l'Atlantique, puiqu'il fut publié en France dès 1901 par la prestigieuse Revue Blanche. Il aura finalement fallu un peu de temps, et ce n'est qu'aujourd'hui, plus d'un siècle après leur écriture, que ses nouvelles sont rassemblées dans son propre pays*. Elles nous révèlent une œuvre importante pour l'histoire de la littérature fantastique.*

* *The Monster Maker & Other Stories* by W.C. Morrow, Midnight House (Darkside Press), Seattle, 2000.

On sait peu de choses des origines de Morrow. Né en Alabama en 1854, il quitte sa famille pour partir en Californie à l'âge de 24 ans. On ne connaît pas les raisons précises de cet exil, mais il est probable que s'il cultivait déjà quelques ambitions littéraires, la vie à San Francisco la cosmopolite, l'effervescente, lui apparaissait plus stimulante que celle qui l'attendait derrière le comptoir de l'hôtel familial. De fait, alors que l'on n'a retrouvé aucune trace d'écrits antérieurs à son départ, son nom apparaît déjà au bas d'une nouvelle publiée dans l'Argonaut, *un journal de San Francisco, en juillet 1879, soit six mois à peine après son arrivée. Ambrose Bierce fut lui aussi collaborateur de* l'Argonaut *de 1877 à 1879 et il est vraisemblable que c'est là qu'il fit la connaissance de ce jeune Rastignac sudiste. Tandis que Bierce est gagné par la fièvre de l'or, Morrow cultive celle de l'écriture : de 1879 à 1882, il publie avec régularité des nouvelles dans* l'Argonaut *et le* Californian, *et en 1882, un premier roman,* Blood Money, *où il met en scène la rapacité et l'absence de scrupules des entrepreneurs de chemin de fer. Mais dès son mariage, il abandonne la fiction et se consacre entièrement au journalisme jusqu'en 1887. C'est alors que le futur magnat William Randolph Hearst l'embauche pour qu'il collabore au* San Francisco Examiner. *Il y retrouve Bierce et surtout le goût de la nouvelle. Il reprend ses contributions pour* l'Argonaut, *son style s'aiguise, son inspiration s'affirme : mêlant Poe, Maupassant et Gaboriau, Morrow invente le fantastique policier. L'un des premiers, il a l'intuition de quelques-uns des grands* thèmes qui baliseront la littérature de genre au XXème siècle : l'angoisse urbaine, la folie meurtrière, et ce mystère qui n'est jamais si opaque que lorsqu'il est à portée de main, derrière une porte, dans la pièce du fond ou dans le comportement d'un proche.

Il poursuit différentes collaborations et, en 1896, réunit quelques-unes de ses nouvelles dans le recueil Le singe, l'idiot et autres gens. Bierce salue le livre comme une "lecture capitale". En France, la Revue Blanche le publie en 1901, et Alfred Jarry s'enthousiasme : "Voici un volume où se réunissent le génie narratif d'un Kipling et le sens de l'horreur d'un Edgar Poe. [...] On n'a encore rien écrit de pareil".

Pourtant, ce qui aurait dû lancer la carrière de Morrow semble au contraire l'avoir brisée net. Morrow paraît soudain se désintéresser du genre qui l'a consacré. Sans doute pour des raisons économiques, il ouvre en 1899 un atelier d'écriture, ce qui inspirera à Bierce ce commentaire désabusé : "Quel dommage que Morrow, plutôt que d'écrire bien, apprenne aux autres à écrire mal". Dans les années qui suivirent, Morrow publiera encore quelques rares nouvelles et deux romans d'aventures sans relief. Il s'éteint en 1923, laissant derrière lui le mystère d'un écrivain dont on ne sait pas très bien qui de lui ou de la postérité n'a pas voulu de l'autre.

Jean-Baptiste Dupin

L'AUTOMATE HANTÉ

Le vieil Erkins avait trois défauts : il était riche, avare et alcoolique. Pour le premier, il était à blâmer, pour le deuxième à plaindre, quant au troisième... mais attendez d'en savoir un peu plus avant de vous forger une opinion. Quoi qu'il en soit, j'affirme — et lorsque vous aurez lu ce que je m'apprête à écrire, vous affirmerez avec moi — qu'il fallait le punir. Je ne crains ni la loi, ni même une punition divine pour ce jugement et, si je vous conte cette histoire, c'est simplement parce qu'elle le mérite.

L'ivrognerie d'Erkins était curieusement cyclique. Après plusieurs jours de beuverie, il commençait à avoir d'horribles visions. Alors, pendant quelques temps, il ne touchait plus à une seule goutte d'alcool. Mais il retrouvait vite son énergie, finissait par rire de ses réticences et se versait un verre. Puis un autre, puis trois, puis quatre et ainsi de suite. Assez rapidement, des serpents et d'autres créatures étranges surgissaient à nouveau des sombres recoins de sa demeure.

Le seul rayon de soleil, dans la vieille vie chancelante d'Erkins, était une jolie jeune fille, tout à la fois sa nièce, sa pupille et sa prisonnière. Elle s'appelait Alice et c'était, à n'en pas douter, la plus triste et la plus jolie fille des environs. Alice avait été élevée par Sarah, une vieille servante tout dévouée à sa mère, qui avait juré de ne jamais, jamais, abandonner la pauvre orpheline, la maison dut-elle grouiller d'insectes. La fidèle Sarah maintenait également en ordre cette demeure qui ressemblait à une prison.

En un sens, le vieil avare aimait sa nièce. N'y a-t-il pas des personnes qui aiment au point de tuer ? Mais il y a bien des façons de faire mourir quelqu'un. L'une des plus cruelles étant sans doute d'enfermer une jolie jeune fille dans une grande maison, et de ne jamais laisser un jeune homme ne serait-ce que l'apercevoir. Par pure tyrannie, son vieux chaperon lui avait définitivement interdit de sortir, tout simplement parce qu'elle était accidentellement — oh si accidentellement — tombée amoureuse d'un ingénieur, pauvre mais de tournure agréable, qu'elle avait rencontré à l'église. Avec un ton hautain des plus insultants, Erkins avait d'ailleurs prévenu ce jeune homme, Howard Rankin, qu'Alice ne saurait le revoir et que n'importe quel coureur de dot qui se présenterait à son domicile, ou chercherait à s'emparer d'elle pour son quart de million, serait reçu à coups de chevrotines.

La seule passion du vieil Erkins était la mécanique. Il possédait des centaines d'ingénieuses machines de toutes sortes, et surtout des pendules faisant une multitude de choses merveilleuses. Dès qu'il lisait un article à propos d'une nouvelle invention, il la lui fallait. Il ne s'en lassait jamais. Cependant il lui manquait une pièce pour compléter sa collection et parfaire son bonheur : il voulait un automate. Il avait lu tout ce qui avait été écrit au sujet de ces hommes mécaniques. Il avait visité des musées et des expositions de figures de cire. Il avait vu des gladiateurs et des zouaves mourir plusieurs morts, encore et encore, mais ils étaient trop évocateurs pour ses nerfs parfois fragiles. Il avait même acheté à grands frais un de ces gladiateurs mourants. Mais, dès sa première ébriété, l'agonie du combattant lui sembla être à l'origine de l'apparition de singes et de serpents en quantité innombrable. Véritablement terrorisé, il massacra la machine à coups de hache.

Howard Rankin, lui, avait un certain génie de l'invention. Connaissant le penchant du vieil homme, il eut l'idée de construire un automate grâce auquel, il le confia à un ami, il espérait regagner ses faveurs. Son plan devait néanmoins rester secret. Tout ce qu'il révéla était qu'il se doutait de la réaction d'Erkins dès qu'il aurait commencé sa fabrication. Ce qu'il savait aussi, c'est qu'il aimait éperdument Alice. Pourquoi alors ne pas tenter l'aventure ?

Il mit rapidement son idée à exécution et s'enferma dans une pièce au fond de son atelier. Très vite, on parla tant de son entreprise que le vieux collectionneur finit par être au courant. Le travail avançait, et seuls quelques amis avaient le droit de voir le merveilleux automate grandir sous la main de son créateur. L'intérêt d'Erkins, alimenté par les rumeurs, ne cessait de croître. Quelques mois plus tard, il apprit enfin que l'automate était quasiment fini.

Le vieil homme ne put se contenir plus longtemps : il devait voir cette mécanique et l'acquérir. Mais comment faire ? Il avait grossièrement insulté son inventeur, c'était un sérieux obstacle. Il y réfléchit quelques jours, puis lui envoya finalement une lettre dans laquelle il demandait simplement et poliment la permission de venir voir l'automate. Il reçut en réponse une invitation formelle à se présenter à l'atelier. Il se mit aussitôt en route.

Le jeune ingénieur le reçut avec une condescendance courtoise. Les yeux âgés mais perçants d'Erkins brillaient d'impatience. Lorsqu'il s'en aperçut, Howard s'en réjouit secrètement mais, en apparence, il demeura raide et glacial.

— Ainsi vous travaillez à un automate ? demanda le

visiteur, alors qu'Howard l'introduisait dans la pièce du fond.

— Oui, répondit simplement le jeune mécanicien qui retourna tranquillement à son établi.

— Un joyeux ?

— Pardon ?

— Joyeux ?

— Que voulez-vous dire ?

— Il ne meurt pas, ou quelque chose dans ce genre-là ?

— Oh non !

— Parce que j'ai eu un gladiateur qui mourait, et sa mort faisait tellement vraie que des serp… que… que c'était désagréable.

Il fit un pas en direction du fauteuil où était assis l'automate à moitié fini.

— Alors je l'ai tué, dit-il.

— Tué qui ?

— Le gladiateur.

Sa curiosité pour l'œuvre d'Howard le dévorait, et cependant il se sentait tellement intimidé qu'il hésitait à poser des questions. Le jeune ingénieur ne parlait pas et poursuivait son travail. Erkins rassembla alors son courage.

— Je vois que vous n'avez pas encore posé la tête, osa-t-il dire.

— Non.

— Elle n'est pas prête ?

— Non.

Il y eut un silence.

— Et qu'est-ce qu'il fera ?

— Un tas de choses.

Le vieil homme fit le tour du mannequin et l'examina de plus près. C'était une figure de dandy, vêtue avec la plus extrême élégance, assise dans une posture indolente.

— Tout est fini sauf la tête, hein ?

— Oui, répondit Howard.

Estimant qu'il avait feint l'indifférence assez longtemps, il abandonna ses outils et reprit :

— La tête est l'élément principal, c'est elle qui accomplira la tâche la plus importante. Il faut en outre apporter le plus grand soin au modelage du visage en cire, en particulier du nez et des yeux. Voici le bloc dans lequel se trouve déjà toute la mécanique. Cette perruque blonde lui servira de cheveux. En l'état actuel, l'automate peut bouger ses membres, mais en comparaison de ce qu'il pourra faire, c'est insignifiant.

Howard inséra une clé dans le dossier du fauteuil et remonta le mécanisme. On entendit le faible cliquetis des rouages. Le vieil Erkins frémit d'excitation lorsqu'il vit le mannequin commencer à bouger : il porta sa main droite à hauteur de sa future bouche, puis la baissa, puis leva la main gauche et enfin croisa les jambes.

— La main droite tiendra un cigare, car l'automate sera capable de fumer, expliqua Howard. Regardez, il tirera quelques bouffées avant d'enlever le cigare. Et l'autre main mettra un monocle. Je dois maintenant arrêter la machinerie pour ajouter d'autres connexions et les derniers mécanismes, les plus complexes, qui seront dans la tête.

— Qu'allez-vous faire de cet automate ? s'enquit Erkins, avançant avec prudence.

— Je ne sais pas... Certainement le garder pour mon plaisir.

— Vous n'auriez pas envie de le vendre ?

— Le vendre ! Mais qui serait assez riche pour l'acheter ?

Le cœur d'Erkins se serra.

— Combien en demanderiez-vous ? demanda-t-il, profondément désespéré.

— Mille dollars.

Le cœur d'Erkins se gonfla alors de joie.

— Je le prends, s'exclama-t-il avec enthousiasme.

Il s'attendait à entendre cinq mille !

— C'est bon, répondit tranquillement Howard.

Erkins commença à penser qu'il s'était peut-être un peu précipité.

— Je vous en donne peut-être trop.

— Si vous n'en voulez pas, ne le prenez pas, répondit le jeune homme avec calme.

— Me donnerez-vous une garantie écrite de ce qu'il sera capable de faire ?

Howard réfléchit un instant.

— Non seulement je ferai ça, mais je ferai même plus, car j'ai une grande confiance en cet automate. Voyons... nous sommes le 12 novembre. Je me marie le mercredi 24 du mois prochain, la veille de Noël.

J'aimerais disposer de huit cents dollars pour mon mariage et pour me lancer dans la vie. Je...

— Vous vous mariez ! s'exclama le vieil homme stupéfait.

— Oui. Et je vais vous demander huit cents dollars d'acompte. Si l'automate vous plaît, vous me paierez le reste. Mais, si pour une raison ou une autre, il n'était pas à la hauteur de vos attentes, vous garderez vos deux cents dollars. Je vais vous mettre par écrit que l'automate devra croiser et décroiser les jambes, fumer le cigare, ajuster son monocle, pencher la tête, ouvrir et fermer les yeux, cligner d'un œil, et parler, c'est-à-dire prononcer deux ou trois mots.

— Parfait ! C'est une affaire !

Erkins était ravi en quittant l'atelier. Il avait deux raisons de se réjouir : il s'était assuré de la possession de l'automate et il avait appris qu'Alice et sa fortune n'étaient plus en danger.

Suivant l'accord passé, l'automate fut livré le samedi 20 décembre par un ami d'Howard. Il apportait également un mot dans lequel l'inventeur expliquait ne pas avoir souhaité venir lui-même, étant données les circonstances. Le mannequin était couché dans une grande caisse pourvue de poignées, et il fallait quatre hommes pour la porter. Le vieil Erkins dansait de joie et d'excitation tout autour. C'était un tel moment de réjouissance pour lui qu'il appela Alice et Sarah pour qu'elles voient l'automate et partagent sa joie. Mais une grande part de son enthousiasme était due à l'alcool. En effet, le vieil homme atteignait maintenant assez vite ses limites, et il ne faudrait sans doute pas plus de deux ou trois jours avant que ne réapparaissent ses amis rampants.

— Et comment va le mariage de Rankin? demanda Erkins au messager.

Alors que ce dernier répondait évasivement, il vit sa nièce pâlir et s'appuyer contre le mur.

— A ce propos, Alice, s'empressa d'ajouter le méchant vieillard, qui se délectait du coup de poignard qu'il assénait à la jeune fille, Howard Rankin se marie mercredi.

La pauvre fut incapable de répondre, tant son cœur souffrait, mais son oncle ne remarqua pas combien cette nouvelle l'avait ébranlée. Il n'aurait pu comprendre ni son sentiment de honte, ni son désespoir. Sarah, elle, comprit tout et cela déchira son vieux cœur fidèle. Elle glissa son bras autour de la taille de sa maîtresse, et l'aurait emmenée ailleurs si Erkins, dont les désirs étaient des ordres, ne leur avait demandé de rester.

Les hommes déposèrent la lourde caisse dans le vestibule.

— M. Erkins, voici quelques instructions qu'Howard a rédigées concernant l'utilisation de l'automate, déclara l'ami du jeune inventeur. Il insiste sur le fait que vous les suiviez à la lettre, ou il décline toute responsabilité en cas de mauvais fonctionnement.

Le vieil homme lut avidement les consignes. L'une d'entre elles disait ceci :

L'automate doit être conservé dans une pièce dont la température sera comprise entre 65 et 75 degrés Fahrenheit. Si cela ne devait pas être le cas, les ressorts, les liens en boyau de chat, la cire de la tête et du visage ainsi que la colle utilisée en différents endroits seraient irrémédiablement détériorés.

Une autre : on s'assurera que la pièce soit toujours faiblement éclairée, sans quoi les couleurs fragiles utilisées pour le visage et les mains passeront. Mais, pour les mêmes raisons, l'automate ne devra pas non plus être placé face à la lumière.

Un point attirait encore l'attention sur l'aération nécessaire : l'air extérieur qui en cette saison est soit humide, soit glacial, est à proscrire, et par conséquent on ne devra jamais ouvrir les fenêtres. Comme de l'air frais est cependant indispensable, on laissera toujours les portes légèrement entrouvertes, de six pouces environ, et elles devront donner non pas sur d'autres pièces mais directement sur le vestibule.

Remonter l'automate la nuit ou plus d'une fois par jour était interdit. Il y avait également des instructions détaillées sur comment préparer et allumer les cigares que fumerait l'automate.

Erkins réfléchit quelques instants. Il n'y avait qu'une

pièce dans la maison qui permettrait de suivre ces consignes, elle se trouvait à l'étage. Lui-même dormait au rez-de-chaussée et il avait eu l'intention de placer l'automate dans une pièce voisine de sa chambre, qu'il utilisait comme bureau. Or il y maintenait un feu ardent qui aurait abîmé ce trésor. Le seul risque qu'il y avait à le mettre au premier était que Sarah et Alice occupaient des chambres proches de celle qui convenait à l'automate. Elles pourraient alors, subrepticement, remonter la merveille à des horaires inappropriés et détraquer la mécanique. S'il avait été suffisamment perspicace, il aurait compris que, désormais, elles haïssaient tout ce que pouvaient avoir touché les mains d'Howard, et qu'il n'avait donc aucune crainte à avoir.

— Sarah, dit-il d'une voix autoritaire, je dois mettre l'automate dans la chambre sud-ouest à l'étage, mais si vous ou Alice osez le toucher, ou même entrer dans cette pièce, je vous tue. Vous comprenez ce que je vous dis ? Je vous tue toutes les deux.

Les quatre hommes portèrent la caisse dans la pièce en question et la laissèrent telle que le recommandaient les instructions. Erkins, joyeux et impitoyable, obligea Sarah et Alice à l'accompagner et leur ordonna de rester pour voir l'automate. On enleva le couvercle, les extrémités et les côtés de la caisse, puis on retira le tissu qui cachait ses traits. Le merveilleux automate apparut, assis.

Alice avait secrètement espéré qu'Howard ait

modelé un visage lui ressemblant, même légèrement, mais quand elle découvrit le mannequin, avec une moustache et des cheveux aussi blonds que ceux de son créateur étaient noirs, de larges sourcils sombres, les joues peintes, si différentes de la douce pâleur du jeune homme, et ce costume à la mode, ces cheveux bouclés, cet air impertinent qui se dégageait de tout le personnage, son dernier espoir s'évanouit. Il n'y avait pas l'ombre de la tranquille virilité d'Howard dans cet homme artificiel.

Erkins ne lui portait pas le même regard. Il ne vit en lui qu'un magnifique mécanisme, achevé avec talent, parachevé avec art, c'était tout ce qui comptait. Le dandy artificiel reposait paresseusement dans un fauteuil. Sa tête s'appuyait sur sa poitrine, ses yeux étaient fermés, il avait tout l'air d'un homme endormi.

On renvoya les quatre porteurs. L'ami d'Howard sortit une clé, la glissa dans une ouverture au dos du fauteuil, et remonta l'automate. Celui-ci se redressa, ouvrit des yeux endormis, et avec la plus grande dignité tourna lentement la tête, comme pour regarder tour à tour chaque membre de l'assistance, puis il sourit et s'inclina avec grâce. Le jeune homme sortit alors un cigare et le prépara avec soin afin de montrer comment procéder à Erkins. Pendant ce temps-là, l'homme de cire continuait à s'incliner et à sourire. Conformément aux instructions, on posa le cigare sur un petit support à portée de sa main droite. L'automate, grâce à un mouvement d'une précision absolue, le porta à sa bouche et avec le plus grand sérieux tira quelques bouffées. Puis il écarta le cigare, et de sa main gauche ajusta son monocle, au travers duquel il regarda l'assistance d'un air grave. Il prit une nouvelle bouffée du cigare et croisa les jambes.

— Je dois y aller maintenant, dit l'ami. L'automate va continuer comme ça pendant trente minutes encore, et ce sera terminé. Mais souvenez-vous des instructions : vous ne devrez pas le remonter d'ici demain.

Et il partit. Alice demanda alors en suppliant la permission de se retirer car elle avait assez vu cette mécanique et avait une terrible migraine. Profondément dégoûté, Erkins renvoya les deux femmes chez elles.

Il resta seul avec son automate assis juste devant lui. Il couvait passionnément du regard chacun de ses mouvements lents, dignes et précis. Le seul son que l'on pouvait percevoir était un cliquetis étouffé, le très faible claquement des mécanismes internes. Ce presque silence, la sagesse subtile que semblait avoir l'automate, ses manières réfléchies, mais également son impudence, commencèrent à impressionner l'imagination malade du vieil alcoolique. La chose continuait toujours à fumer, à ajuster son monocle, à croiser ses jambes, à ouvrir et fermer les yeux, à s'incliner gravement, pourtant Erkins avait l'impression qu'elle avait pris un air mystérieux, surnaturel, et il en éprouva une sorte de malaise. Ses sens avaient perdu de leur acuité depuis quelques temps, et ses déficiences lui donnaient une vision particulière de la réalité, il en était conscient. Mais là, il était certain que la chose avait véritablement un comportement étrange. Il lui semblait qu'elle cherchait à l'exaspérer. Ce sentiment ne cessait de grandir en lui quand, soudain, à l'intérieur de la machine, se produisit un petit déclic. L'automate laissa choir son cigare par terre, en adressant un audacieux clin d'œil à son propriétaire. Celui-ci connut alors un moment de panique. Il se rappelait bien que la garantie mentionnait un clin d'œil, mais ce clin d'œil-là était trop entendu. C'était un clin d'œil insidieux, malin, provocant, comme si l'automate connaissait tous ses pêchés. C'était un clin d'œil sournois, effronté, le genre de clin d'œil dont aurait été incapable une mécanique anodine, un clin d'œil dangereux, moqueur. Il avait cligné non pas une fois, mais deux fois, trois fois, quatre fois, prenant bien son temps entre les clignements, chacun accompagné d'un regard sinistre. Il ne faisait rien d'autre que de cligner des yeux. Tout dans l'automate était parfaitement immobile, à l'exception de cette paupière, et le regard qu'il maintenait sur le vieil avare était glacial, mortel. C'était un regard qui le transperçait, qui voyait à travers lui. Tout cela eut un tel effet sur Erkins qu'il se sentit cloué à sa chaise, pétrifié de terreur.

Il y avait aussi la garantie que l'automate parlerait.

Pour l'instant, il n'avait pas prononcé un mot. Enfin, après tous ces clins d'œil, il y eut un autre déclic qui fit sursauter le vieux collectionneur. Il avait complètement oublié cette dernière particularité mais le léger cliquetis l'avertit que quelque chose d'autre se préparait. Mais quoi donc ? Quelque chose de terrible, pensa-t-il instinctivement. L'automate resta assis immobile pendant cinq longues secondes, et alors très lentement, très précautionneusement, très mystérieusement, il se pencha en avant et dit d'une voix creuse et spectrale qui semblait provenir des entrailles de la terre :

— Je suis hanté.

Erkins frémit, il lui sembla que son cœur s'était arrêté de battre. L'automate reprit lentement sa position initiale et posa son regard mort sur son propriétaire. Il resta ainsi assis durant ce qui parut une éternité au vieil homme, et de nouveau, de la même façon que précédemment, il se pencha en avant et dit sur un ton sépulcral :

— Je suis hanté.

Le vieillard ne pouvait pas en entendre davantage. Livide, tremblant de peur, il sortit de la pièce, laissant tout de même la porte ainsi que les instructions le requerraient, puis descendit dans le jardin où il se secoua comme un chien mouillé.

— Cette chose, se murmurait-il, c'est pire qu'un serp... que le gladiateur qui meurt. Mais c'est vraiment du beau travail, ajouta-t-il dès qu'il eut quelque peu retrouvé ses esprits, et c'est certain, je finirai par m'y habituer. C'est certain.

Néanmoins, il sentit qu'il avait besoin d'aide, et rentra chercher sa bouteille. Toute cette journée-là, il but dans la crainte, il s'ensuivit que dans la soirée ses habituels visiteurs se présentèrent sans avoir été invités. Cette fois-ci, ils étaient particulièrement audacieux. Erkins se coucha de bonne heure, immédiatement, un vieux singe ignoble eut l'effronterie de prétendre qu'il était le gladiateur qui mourait. Un jeune singe, quant à lui, se parait de tous les airs d'un dandy, fumait le cigare, ajustait son monocle, croisait ses jambes, souriait, s'inclinait, puis finissait par adresser un clin d'œil insultant et effronté à ce triste vieillard. Pour finir, il se pencha mystérieusement depuis le pied du lit sur lequel il était perché, et glissa dans un murmure rauque et macabre :

— Je suis hanté.

Ainsi se passa cette nuit terrible, peuplée de serpents, de singes, de gladiateurs mourants, de dandys qui se disaient hantés et de cauchemars horribles.

Le dimanche matin arriva enfin, et le vieil Erkins inaugura cette nouvelle journée avec d'amples rasades de cognac. Il essayait de prendre des forces pour un deuxième entretien avec l'automate. Finalement, il entra dans la chambre : la géniale mécanique était profondément endormie dans son fauteuil. Erkins s'en approcha avec précaution, mais il était assis si tranquille, si inoffensif, il paraissait si faible, si différent de la chose fantomatique qui l'avait regardé sournoisement la veille en lui adressant ces clins d'œil et qui affirmait être hantée, que son courage revint. Il se mit à rire de ses frayeurs. La boisson avait durement ébranlé le vieux bonhomme. Ses mains osseuses tremblaient et ses genoux chancelaient pendant qu'il allait jusqu'à la cheminée chercher la clé de l'automate. Remonter le mécanisme le rendait très nerveux, mais il finit par y parvenir. Il s'assit alors et attendit la suite. L'homme de cire répéta exactement les mêmes mouvements, en fumant un cigare imaginaire cette fois-ci. Erkins était si ébranlé qu'il avait oublié d'en préparer un, et cet oubli commença à le perturber. Dans son cerveau embrumé, il imagina que l'automate avait conspiré cela contre lui. Il était certain que sous l'air affable perçait un regard mauvais, il en fut plus convaincu encore après le premier déclic lorsque commencèrent les clins d'œil et les regards. Cet automate d'apparence frêle faisait preuve d'une diablerie, d'une ruse, dont Erkins estimait qu'aucune chose mécanique n'était capable. Puis quand survint le second déclic et que le personnage commença doucement à se pencher en avant, une pensée terrible traversa l'esprit du vieil homme : c'était le diable en personne qui était assis devant lui.

— Je suis hanté.

Le sang d'Erkins se figea. Il commençait à mourir littéralement de peur. Chacun de ses nerfs sembla se nouer, il avait du mal à respirer. Une sueur glaciale couvrait son visage et coulait le long de ses joues. Les mains tendues, les doigts écartés, la bouche béante, les yeux écarquillés, il regardait avec une terrible et tragique fascination l'abominable chose devant lui.

— Je suis hanté.

Un véritable instinct de survie tira l'homme de sa chaise et lui fit quitter la pièce. Trébuchant, se cognant, gémissant, il finit par trouver le chemin jusqu'à sa propre chambre où il s'abattit inconscient sur le sol. Il resta ainsi étendu une heure ou plus, et lorsqu'il se réveilla, il rampa jusqu'à son lit. Il y resta toute la journée, réfléchissant aux moyens d'exécuter le plan qu'il avait imaginé.

— Il n'a pas vraiment dit qu'il serait joyeux, marmonnait-il. Il a dit qu'il ne mourait pas. Mais il fait pire que ça. Le gladiateur n'était pas hanté. Il mourait tout simplement, il mourait tout le temps. Eh bien, j'ai mis fin à son malheur. Et je vais devoir faire à nouveau quelque chose comme ça. Si je ne meurs pas avant, je vais tuer cet automate hanté.

Tel était son projet. Mais il n'était pas encore capable de le mettre à exécution. Il évalua ses forces et constata qu'il tenait à peine debout. La journée touchait à sa fin, mais il était toujours aussi faible. Il reprit un peu de cognac. La nuit finit par tomber, il se mit alors à craindre ce que lui promettait l'obscurité.

Finalement minuit sonna, puis une heure. Ses effrayants visiteurs habituels avaient quitté le vestibule en rampant et tous avaient convergé vers sa chambre. Il but un autre verre. Il se sentit plus fort, et la témérité que suscite le désespoir l'envahit. Il ne repousserait pas une minute de plus la destruction de l'automate hanté. Il se leva et alluma une chandelle. Il se souvenait où se trouvait la hache qui avait mis fin aux souffrances du gladiateur, il pensait l'utiliser à nouveau pour le travail macabre qui l'attendait. Elle était rangée au fond de la maison. Il la retrouva comme prévu, monta l'escalier avec précaution et se dirigea vers la chambre de l'automate hanté. Comme il s'approchait, il était de plus en plus agité, au point qu'en poussant la porte, il fit tomber sa chandelle. Elle s'éteignit aussitôt. Il dut alors faire appel à toute sa volonté pour se reprendre, car il était déterminé à accomplir la tâche qu'il s'était fixé.

Tandis qu'il avançait furtivement, pas à pas dans le noir, il s'imaginait *sentir* le terrible clin d'œil et, l'espace d'un instant, il s'attendit à entendre cette voix d'outre-tombe déclarer « je suis hanté ». Il décida alors de frapper par derrière. Il se glissa derrière le fauteuil, et s'avança pour se retrouver juste assez près. Il souleva la lourde hache à deux mains et abattit de toutes ses forces la lame acérée sur le crâne de son inconsciente victime.

L'automate avait dû s'évaporer, car le coup tomba dans le vide, et la force que le vieillard avait mise dans son coup le précipita en avant sur le siège du personnage. L'automate hanté avait disparu !

Le vieil homme, fou de terreur, pris d'une véritable crise de *delirium tremens*, sortit de la pièce en courant, hurlant à l'aide. Il fit irruption dans la chambre de Sarah. Elle avait disparu. Il se précipita dans celle d'Alice. Partie elle aussi. Hurlant, pleurant, délirant, poursuivi par mille démons, désespérément fou, il jaillit de la maison et s'élança dans la rue en criant :

— Je suis hanté ! Je suis hanté ! Au secours ! Au secours !

Un policier l'arrêta et le conduisit à la prison. Le mercredi, il était redevenu calme et rationnel, quoique faible et toujours malade. Un avocat vint lui rendre visite à l'hôpital où on l'avait conduit, et lui tendit une lettre. Le vieil homme dut la relire plusieurs fois avant de la comprendre entièrement.

Cher Monsieur,

Je vous ai dit, il y a quelques semaines, que je devais me marier aujourd'hui, mercredi 24 décembre. J'ai tenu parole, puisque je me suis marié il y a une heure. Si vous voulez un automate, je vous laisse le mannequin que vous avez vu au fond de mon atelier. En réalité, c'est bien celui-là que vous avez acheté et on ne vous l'a jamais livré. L'argent que vous m'avez donné en acompte représentait tout juste la somme que je désirais pour me marier. Pourtant le jour où je vous ai annoncé mon mariage, je n'avais pas encore demandé la main de la jeune fille.

N'est-ce pas inhabituel ? Elle n'avait pas même rêvé que ce fût mon intention jusqu'à samedi soir dernier, quand je me présentais à sa vieille servante. J'ai d'ailleurs craint que son cri lorsqu'elle m'a découvert, ne trahisse ma présence à une certaine personne qui ne voulait pas de moi en ce lieu. Mais la jeune fille que je convoitais est intelligente, et nous avons fait tous les préparatifs nécessaires pour quitter la maison le dimanche. Je craignais encore que cette certaine personne n'entende nos pas, c'est pourquoi nous avons marché sur la pointe des pieds et le plus doucement possible. Cette personne était l'oncle de la jeune fille. Il m'avait joué un vilain tour, mais nous sommes quittes désormais, car non seulement je lui ai donné la peur de sa vie, mais en plus j'ai enlevé sa nièce sous son nez et lui ai fait payer tous les frais du mariage. Quant à elle, c'est une merveilleuse jeune femme, riche de surcroît. Au fait, elle s'appelle Alice, c'est votre nièce, et comme j'en suis désormais le responsable légal, je souhaiterais que vous établissiez auprès de Me ..., le porteur de la présente et mon avocat, l'inventaire de ses propriétés. Ah, j'oubliais, nous donnons un petit dîner à notre hôtel ce soir, et nous y attendons nos amis. Serez-vous des nôtres ? Venez et soyons amis, Noël est le moment de toutes les réconciliations. J'espère que vous vous portez mieux.

Howard Rankin, alias l'Automate Hanté.

Le vieil homme repensa à toute l'affaire, et décida de se rendre au dîner. Je suis heureux d'ajouter qu'il ne but jamais plus une goutte d'alcool.

LA PENDULE INFIDÈLE

C'est un curieux miaulement de détresse de son chat Theophilus qui tira en sursaut M. Austin Wheeler de sa sieste de dix heures. Expert du comportement des chats et habitué à toutes les expressions vocales de Theophilus, M. Wheeler avait de quoi s'alarmer. En ouvrant les yeux, il vit Theophilus qui le fixait, le poil hérissé sur le dos, la queue oscillant lentement, les oreilles immobiles et dressées, les yeux luisant d'une lueur inhabituelle. Chaque nerf de son gros corps tigré paraissait tendu à l'excès. Et il y avait ce gémissement d'alerte, de prudence ou d'inquiétude — peut-être signifiait-il les trois à la fois — qui donnait à la chambre une ambiance inquiétante. C'était le genre de miaulement que poussent les chats quand ils sentent la menace des chiens.

En un instant, M. Wheeler fut parfaitement éveillé.

Il crut tout d'abord que l'animal le fixait mais, en se redressant, il s'écarta du regard du chat et constata que les prunelles de Theophilus n'avaient cependant pas dévié. Comme le chat ne répondait pas à ses appels, M. Wheeler regarda dans la même direction que lui, et constata qu'il semblait fasciné par la pendule. Il se rendit compte, à sa grande surprise, qu'au lieu de dormir dix minutes, comme il en avait l'habitude depuis des années, il avait dormi deux heures : les aiguilles de la pendule indiquaient minuit. Il remarqua en outre que le petit personnage pendu par le cou juste sous le cadran remuait encore au bout de sa ficelle, comme s'il venait de tomber, alors qu'il aurait dû être parfaitement immobile.

Pour bien mesurer le choc qu'éprouva M. Wheeler à ces découvertes, quelques explications sont nécessaires.

Tout d'abord, M. Wheeler était âgé et veuf, assez petit, maigre, presque chétif et d'un tempérament fort nerveux. Il possédait une fortune suffisante pour vivre dans un confort modeste sans travailler. Il était très ordonné, presque maladivement, comme l'avait constaté Jenny, la jeune fille qui s'occupait de ses deux pièces. Chaque chose devait être à la place exacte qu'il lui avait assignée. Il se couchait, se levait, prenait ses repas, faisait sa promenade et sa sieste à des heures extrêmement précises. Le déroulement de chaque journée était exactement similaire à celui de toutes les autres. Il se justifiait en expliquant que c'était nécessaire à sa santé.

Jenny disait à ses amis qu'il était de la pire espèce des " raseurs " mais elle ajoutait que, tant qu'elle faisait exactement ce qu'il demandait, il était très aimable avec elle, il la payait bien et lui faisait de nombreux cadeaux. Mais elle ne fit jamais part à ses proches du seul différend sérieux qui se fût jamais produit entre elle et son employeur. On ne trouvera pas de meilleur endroit dans cette histoire pour le raconter. Voici donc ce qui se passa :

Le petit personnage accroché sous le cadran que nous avons déjà évoqué, était la représentation parfaite d'un criminel pendu. La pendule, une grosse breloque démodée, avait été encastrée au-dessus de la cheminée, on avait enlevé la quantité de briques suffisante pour qu'elle affleure du mur. Les bords irréguliers de cette ouverture avaient été égalisés avec du plâtre qui faisait un joint impeccable avec le bois de la pendule. Le trou avait été agrandi vers le bas afin d'offrir une petite niche au personnage. Dans le corps de la pendule se trouvait un échafaud miniature, avec sa potence, sa trappe, sa corde, son levier et tous les autres éléments mécaniques nécessaires à une exécution. Des portes cachaient l'ensemble. A onze heures et demie chaque soir, le mécanisme de l'horloge ouvrait les portes et actionnait le levier. La trappe basculait, le petit personnage perdait pied et se retrouvait pendu par le cou. La figurine était impeccablement habillée de noir, avec une chemise blanche. Ses bras étaient attachés le long de son corps, ses mains à ses cuisses, ses genoux et ses pieds liés. Pour compléter l'ensemble, un capuchon de condamné était passé sur sa tête, cachant ses traits.

Un jour, Jenny avait ouvert par erreur les portes de la niche et découvert le personnage, depuis elle était prise d'une incontrôlable curiosité, elle voulait voir son visage. Comme cela ne se produisait que le soir à onze heures et demie, elle ne l'avait jamais vu pendu. Elle ne savait d'ailleurs même pas que la trappe s'ouvrait. Tout ce qu'elle connaissait, c'était ce personnage immobile sur l'échafaud, attendant d'être pendu et cette image macabre l'avait toujours fascinée, même quand son premier sentiment de répulsion eut disparu. Aussi, un jour, alors que M. Wheeler était sorti se promener pour lui permettre de faire le ménage de son appartement, et comme l'habitude lui avait appris qu'il ne reviendrait pas avant deux heures, elle commença prudemment son investigation.

Constatant que la figurine reposait librement sur ses pieds, sans soutien latéral, elle la tira doucement et l'amena aussi loin que la corde le permettait. Le nœud était passé à l'extérieur du capuchon et le maintenait étroitement sur le cou. Elle le desserra avec précaution, puis elle fit glisser le tissu sur la tête du pendu. Mais ses traits atrocement déformés par la pendaison l'effrayèrent tellement qu'elle lâcha la figurine, hurla, et s'abattit sans connaissance sur le sol. Elle resta étendue là pendant deux heures, et c'est ainsi que son maître la trouva. Comprenant en un coup d'œil ce qui s'était passé, il blêmit et une expression étrange de sauvagerie et de méchanceté tordit son visage. Avec mépris, il écarta la jeune fille du pied, il réajusta ensuite le capuchon et le nœud coulant puis remit le personnage dans sa position d'origine. Ce n'est qu'ensuite qu'il releva Jenny, l'étendit sur un divan, desserra ses vêtements et aspergea d'eau son visage pour enfin la ranimer.

Dès son réveil, elle se souvint de ce qui s'était passé, et devant le regard dur, chargé de reproches que lui adressait M. Wheeler, elle se mit à pleurer et à demander pardon.

— Avez-vous oublié, demanda-t-il, que je vous avais particulièrement averti de ne jamais toucher à cette pendule ?

— Oh, Monsieur, répondit-elle dans un sanglot, je suis tellement désolée ! C'est vraiment bien mal ce que j'ai fait. Vous qui avez toujours été si bon avec moi ! Me pardonnerez-vous, Monsieur ?

Il finit par lui pardonner, et elle promit de ne jamais raconter ce qu'elle avait vu à qui que ce soit. Mais il se passa plusieurs jours avant qu'elle puisse à nouveau pénétrer dans la pièce sans crainte ni tremblements. Le tic-tac lent et mesuré de la pendule lui était insupportable, et le petit personnage qui se tenait derrière ces portes fermées recelait un formidable et silencieux mystère. Mille fois elle se demanda ce que signifiait tout cela, quelle histoire effrayante était ainsi incarnée. Pendant des mois, ses rêves furent hantés par ce petit visage affreusement réaliste. Chaque détail de ses traits distordus, décolorés par la mort et cependant étrangement beaux, s'était imprimé pour toujours dans sa mémoire. Elle avait eu vent d'un étrange malheur qui serait survenu à son maître durant sa jeunesse, il y avait de cela bien des années. Il était question d'une belle jeune femme, de sa mort, et de la vengeance terrible de son mari. Mais le rapport que tout cela pouvait avoir avec l'inquiétant petit personnage de la pendule, s'il y en avait un, Jenny était incapable de l'imaginer.

Quand M. Wheeler, après avoir été réveillé par Theophilus, constata qu'il avait dormi deux heures au lieu de dix minutes, et que la figurine remuait comme si elle venait juste de tomber au travers de la trappe, il se sentit gagné par l'inquiétude. Il n'avait jamais dormi ne serait-ce qu'un instant de trop auparavant. A dix heures exactement chaque soir, il faisait une sieste de dix minutes dans son fauteuil, puis il lisait jusqu'à onze heures, avant de se tourner vers la pendule et de regarder les aiguilles descendre doucement vers onze heures et demie. Là, les petites portes s'ouvraient, le personnage tombait au bout de sa corde et se balançait pendant quelques instants avant de tourner lentement sur lui-même, exactement comme l'aurait fait un homme, pour finalement s'arrêter. Alors, M. Wheeler se levait pour remettre la figurine en place, refermait les portes, et allait se coucher. Si quelqu'un avait été là pendant son attente, entre onze heures et l'ouverture des portes, il aurait pu étudier l'évolution du visage du vieil homme. Il se durcissait et s'assombrissait progressivement, il paraissait de plus en plus résolu, de plus en plus fiévreux. Ses traits semblaient s'accentuer, se chargeant d'une haine et d'une vindicte implacable. Ce témoin aurait pu constater combien il se raidissait et retenait son souffle au seuil de l'exécution factice, voir ensuite quel regard de triomphe illuminait son visage quand la trappe s'ouvrait, puis comme il se détendait et se frottait les mains tandis que le pendu se balançait doucement, et finalement quelle paix, quelle quiétude absolue, l'envahissaient une fois le corps stabilisé.

Mais ce soir là, si inhabituel, M. Wheeler fut tout d'abord incapable de croire à la fiabilité de ses sens, il commença donc par prendre son pouls. Constatant qu'il battait avec une violence inquiétante, il en conclut qu'il était malade et que c'était pour cela qu'il avait trop dormi. Mais quelles explications pouvait-il trouver au comportement étrange de son chat et au balancement du personnage? Le vieil homme examina les serrures des portes de son appartement et les trouva fermées: personne n'avait pu entrer. Aucun courant d'air ayant pu faire bouger un objet normalement immobile depuis près d'une demi-heure n'était perceptible. Rien qui aurait pu causer l'inquiétude du chat n'était visible. Était-il possible que tout cela soit le fait de quelque force surnaturelle ? M. Wheeler était un homme trop raisonnable pour envisager cette idée ne serait-ce qu'un instant. Par conséquent, il essaya finalement de se satisfaire de l'explication selon laquelle la maladie l'avait saisi pendant les premiers instants de son sommeil. Theophilus s'était inquiété en le voyant dormir aussi longtemps et manquer ainsi gravement à ses habitudes; associant l'horloge aux usages de son maître, c'est à elle qu'il attribuait cette irrégularité. Quant au balancement du personnage, il pouvait avoir été causé par une mouche ou un insecte quelconque et, à lui seul, ce mouvement inattendu pouvait d'ailleurs expliquer l'attitude du chat. Obligé de se coucher avec cette explication, M. Wheeler passa une nuit fort désagréable en sa compagnie.

Il était toujours tellement préoccupé par cette histoire le lendemain matin, qu'il entreprit d'examiner avec soin la pendule. Il la trouva en parfait état. Il ne possédait pas de montre mais il constata que, comme il se devait, elle indiquait exactement la même heure que le clocher qu'il pouvait voir de sa fenêtre. Après avoir retourné quelques temps l'ensemble du problème dans tous les sens, il décida qu'il ne pouvait que reprendre ses habitudes et compter sur l'avenir pour lui fournir des éclaircissements.

Ce jour-là, il vaqua à ses occupations comme à l'ordinaire. Le choc que ses nerfs avaient subi, puis le manque de sommeil lui avaient été dommageables, mais il pouvait encore s'en remettre assez facilement. Tout se déroula selon la routine habituelle jusqu'à l'heure de sa sieste du soir. Il avait tout d'abord pensé s'en passer pendant un jour ou deux, afin de voir si ces étranges événements se reproduisaient, puis il réfléchit qu'il ne serait pas sage de briser ainsi ses habitudes et décida de prendre son repos vespéral. Il s'installa donc dans son fauteuil, s'assura que Theophilus dormait profondément, et l'instant d'après, épuisé qu'il était, il somnolait.

Il lui sembla ne pas s'être endormi plus d'une minute quand il fut brutalement réveillé par le même miaulement de détresse de Theophilus. Comme la veille, le chat regardait curieusement l'horloge. Tournant rapidement les yeux dans cette direction, M. Wheeler constata que les aiguilles indiquaient de nouveau minuit et que le personnage se balançait comme s'il venait de tomber dans la trappe ! C'était plus que les nerfs déjà éprouvés du vieil homme ne pouvaient en supporter. Il frissonna, et son front s'imprégna de sueur. La première fois que ces événements étaient survenus, la situation était déjà assez étrange, mais que tout se reproduise exactement à l'identique, voilà une coïncidence qui devenait véritablement terrifiante. M. Wheeler sentit son pouls battre comme la veille. Il examina la pendule et vit qu'elle fonctionnait parfaitement. Il ne pensait pas avoir dormi pendant deux heures mais il savait que les impressions à ce sujet ne sont jamais fiables. Il remit la figurine en place et resta assis un long moment, anxieux et pensif. Il décida finalement d'aller se coucher. De nouveau son sommeil fut agité, mais s'il avait réellement déjà dormi deux heures, comment aurait-il pu espérer qu'il en fût autrement ? Toutefois, il lui sembla que, s'il avait dormi deux heures assis inconfortablement dans un fauteuil, ses muscles en auraient souffert. Pourtant il ne ressentait absolument rien de tel.

Le deux-pièces de M. Wheeler se trouvait dans un immeuble cossu. C'était un bâtiment bien construit, les murs séparant les appartement étaient en brique et les cloisons entre les pièces faites de lattes fixées à des poutres et plâtrées. Les sols étaient insonorisés par du plâtre. Ainsi, lorsque les portes étaient fermées, aucun son ne pouvait traverser ni les murs qui séparaient les logements, ni les plafonds au-dessus ou en dessous. L'appartement de M. Wheeler se situant à un angle du bâtiment, il n'avait de voisins que d'un côté. Il ne les avait jamais vus et ne savait rien d'eux. De nature plutôt solitaire, il n'avait fait la connaissance que d'une seule famille dans l'immeuble, une veuve et ses deux enfants. La femme était française. Elle était pauvre et il avait eu une fois l'occasion de l'aider, Jenny lui ayant appris qu'elle était malade. Comme elle cuisinait à merveille, ils avaient convenu qu'il prendrait ses repas chez elle. Il la payait d'ailleurs si généreusement pour cela qu'elle le considérait comme son bienfaiteur.

Pouvait-il se confier à elle ? Il ne pouvait tout de même pas faire appel à un détective pour une telle affaire, mais la jeune femme était vive et intelligente, peut-être pourrait-elle l'aider. Bien qu'il se refusât à croire que l'un de ses voisins pût être mêlé à ces événements, il estima qu'il ne serait pas mauvais de savoir, au moins, qui ils étaient. Devait-il charger la Française d'apprendre tout ce qu'elle pourrait à leur sujet ? Cela lui sembla idiot et indigne. Devait-il les espionner lui-même, pour ne pas avoir à partager ses soucis ? C'était inconcevable. Il attendrait donc un peu. Quant à Jenny, il ne pouvait se résoudre à lui demander son avis, et à établir de cette façon une relation d'intimité entre eux. Il choisit finalement d'affronter seul la situation.

Le troisième soir, il délaissa sa sieste habituelle et décida de surveiller le chat et la pendule. A dix heures, malgré toute son anxiété, il fut rattrapé par son habitude de s'endormir. Le sommeil s'abattait si lourdement sur lui qu'il dut avoir recours à de nombreux petits subterfuges pour éloigner la somnolence. Le chat dormait paisiblement et ni la pendule ni la figurine ne donnaient de signe d'un comportement anormal. Quand onze heures arrivèrent, tout à fait réveillé, il s'installa comme de coutume en face de la pendule. Petit à petit, il fut gagné par son envoûtement quotidien. Son visage pâlit et se durcit, son corps se tendit. Encore deux secondes et les portes s'ouvriraient, l'exécution aurait lieu. Une seconde passa. Et l'horloge s'arrêta. Au même instant, le chat, jusque-là endormi sur le tapis, bondit sur ses pattes. Son poil se dressa sur son dos, sa queue s'agita, et ses yeux, éclairés d'une étrange lueur, se fixèrent sur la pendule. Il poussa alors un miaulement de détresse et d'alarme.

Qu'une pendule s'arrête n'est pas en soi une chose extraordinaire, mais que cette pendule-là s'arrête à cet instant précis, et qu'au même moment le chat manifeste un tel énervement, additionné aux événements des deux soirs précédents, tout cela formait une coïncidence que nul n'aurait pu ignorer, et qui suscitait la plus profonde angoisse chez M. Wheeler. Il resta assis, livide et abasourdi. Il murmura quelques mots au chat, espérant qu'il lui donnerait un indice, mais Theophilus demeura distrait pendant plusieurs minutes, et même après avoir enfin écouté son maître, il se retournait régulièrement vers l'horloge, la fixant d'un regard inquiet. Il retrouva cependant sa tranquillité assez rapidement, alors qu'il fallut quelque temps à son maître pour reprendre son sang-froid. Dès que ce dernier se sentit mieux, il se dirigea vers la pendule, l'ouvrit, et constatant qu'elle était correctement remontée et que tout semblait en ordre, il la relança. Le balancier oscillait sans difficulté, les petites portes s'ouvrirent et l'exécution se déroula avec la précision habituelle. L'horloge reprit son fonctionnement sans plus de problèmes. M. Wheeler avança les aiguilles de sept minutes après avoir consulté le cadran illuminé du clocher, puis il se rassit, affaibli et mal en point. Toute la nuit, il regarda la pendule depuis son fauteuil. Rien d'anormal ne se produisit.

Le matin ses mains tremblaient, ses genoux chancelaient, ses yeux étaient injectés de sang et son visage blême semblait hébété. Même Theophilus se comportait curieusement; lui, le plus sage, le plus policé, le plus suffisant des chats, avait une conduite vraiment inhabituelle, sans doute attribuable à son anxiété. Bien que ne paraissant plus prêter attention à la pendule, il se promenait furtivement dans la pièce, la queue ondoyante, les oreilles dressées, et toute son attitude indiquait qu'il était aux aguets, à l'affût de bruits mystérieux. M. Wheeler lui-même se mit à écouter aussi attentivement que possible, mais il n'entendit rien de particulier. Cependant le comportement de son chat l'inquiétait. Il examina les murs pouce après pouce, y collant de temps en temps son oreille, tout en gardant un œil sur Theophilus et la pendule.

A l'heure de son petit déjeuner, malade et sans

appétit, il se laissa tomber dans son fauteuil en grognant. Quand sa voisine française entra avec son plateau, elle prit aussitôt peur en voyant son visage.

— Oh, *monsieur* ! s'écria-t-elle, vous êtes malade ! Ah, quel malheur ! Je vous apporte du café tout de suite, *monsieur*.

— S'il vous plaît, *madame*, répondit le pauvre homme d'une voix faible.

Après avoir bu son café, il se sentit un peu mieux, mais fut pris d'une violente migraine, comme si ses tempes allaient éclater. Il oublia complètement sa promenade du matin, et étendu dans son fauteuil, il ne pouvait plus que surveiller Theophilus. Il n'avait laissé aucune lampe dans la pièce et la faible luminosité qui filtrait au travers des stores lui semblait lui brûler les yeux. Elle était en revanche insuffisante pour Jenny, qui arriva extraordinairement excitée quelques minutes avant son horaire habituel.

— Je suis sûre que c'était le même, murmura-t-elle hors d'haleine, supposant que son maître était sorti, mais on va bien voir.

N'ayant pas remarqué le vieil homme tapi dans son fauteuil, elle remonta en hâte les stores, se dirigea droit vers la pendule et ouvrit les petites portes. Elle enleva la figurine de la trappe, et avec un empressement fiévreux elle desserra le nœud et ôta le capuchon. Puis, elle lâcha le bonhomme au bout de sa corde, et chancela. Elle s'appuya d'une main à la cheminée et porta l'autre à son cou, cherchant à reprendre son souffle. Ses yeux étaient rivés aux traits grimaçants du personnage.

— Jenny ! interpella son maître.

Elle fit un bond et hurla. Son effroi devait être immense car elle ne montra ni honte, ni remords à être ainsi surprise à enfreindre les ordres de son maître. Au contraire, dès qu'elle comprit que c'était lui qui se trouvait là, et non pas quelque espèce de présence terrible qu'elle redoutait manifestement, elle se précipita vers lui et se jeta à genoux à ses pieds. Elle lui saisit les mains et s'agrippa à lui à la recherche d'une protection. Chacun de ses traits et de ses gestes reflétait la terreur. Des sanglots et des hoquets soulevaient sa gorge. Elle se tournait et se tordait en essayant de parler.

— Oh, M. Wheeler, parvint-elle finalement à dire, je l'ai vu, le même que *lui* !

Et elle montra du doigt la figurine.

Une pâleur mortelle envahit le visage de M. Wheeler et ses yeux parurent s'enfoncer dans ses orbites.

— Où ? murmura-t-il.

— Là dehors. Il tournait autour de chez vous. Sa tête m'a tellement effrayée que je me suis mise à courir, mais il m'a rattrapée, et il m'a tordu le poignet en me demandant de quoi j'avais peur. Il était jeune. Je ne sais plus ce que j'ai dit, je lui ai parlé d'une corde autour de son cou. Alors il m'a maudite, et il a dit que si je parlais de cette rencontre, il me tuerait. Il avait le meurtre sur le visage !

M. Wheeler se renfonça un peu plus dans son fauteuil, et s'y évanouit presque. Sa mâchoire pendait, ses yeux mi-clos avaient tourné sur eux-mêmes, et on pouvait à peine entendre sa respiration. Son aspect inquiéta la jeune fille qui craignit qu'il ne fût mort. Elle le secoua et l'appela par son nom, mais il ne répondit que par un grognement agacé et inaudible. Elle courut chercher la voisine française ; ensemble elles lui frottèrent les mains, l'étendirent sur un divan et le couvrirent abondamment car il était très froid. Mais plus tôt qu'on aurait pu s'y attendre et avant même l'arrivée du médecin que l'on avait appelé, les joues de M. Wheeler commencèrent à rosir, ses yeux à s'éclairer, son pouls et sa respiration à se réguler. Il se redressa pour s'asseoir et renvoya poliment le docteur lorsqu'il se présenta. Il refusa de manger puis demanda aux deux femmes de le laisser seul, profitant de l'occasion pour souffler à Jenny de ne dire à personne ce qu'elle avait vu.

Il se mit péniblement sur ses pieds et chercha avec angoisse le chat du regard : Theophilus dormait paisiblement sur son tapis. Il s'approcha alors de la pendule et reposa une fois encore la figurine sur la trappe. Il prenait beaucoup de précautions, ses mains étaient encore extrêmement faibles et mal assurées. Puis il retourna s'asseoir car tout son corps tremblait. Sa voisine réapparut à cet instant, lui apportant une petite collation.

— Oh, merci. C'était vraiment ce dont j'avais besoin. Je suis affamé.

Mais dès qu'elle se fut retirée, il donna la nourriture à Theophilus. Lentement ses joues reprenaient quelques couleurs et ses yeux un peu d'éclat. Il se mit à parler, et seul Theophilus, à qui il parlait souvent, entendit ce discours :

— C'est un mensonge, Theophilus. Cette fille est folle ! Tu comprends ça ? Comment pourrait-il revenir alors que j'ai moi-même dressé la potence qui l'a pendu ? Hein, Theophilus ? Et c'est moi qui ai vu le dernier souffle de vie passer sur son visage quand on lui a retiré son capuchon. Et moi encore, quand tout a été fini, qui ai contemplé ce visage violacé, boursouflé et diaboliquement beau, et qui l'ai reproduit *là-dedans*, dit-il en indiquant la pendule d'une main décharnée et tremblante. Et pourtant, Theophilus, elle a vu quelque chose. Quelque chose qui est revenu à la vie et qui a élu domicile dans ma pendule !

A chaque fois que son maître prononçait son nom, Theophilus sortait de sa somnolence en clignant des yeux, puis il les refermait.

— C'était il y a trente ans, Theophilus. Ou plutôt, il y a vingt-neuf ans, quatre mois et onze jours. Trois cent soixante-cinq fois vingt-neuf... Mais il faut prendre en compte les années bissextiles... Neuf fois cinq, quarante-cinq, huit, trente-deux, sept et demi... Dix mille cinq cent et quelques... Cent vingt, onze... Dix mille... Dix mille... Dix mille... Plus de dix mille fois, Theophilus ! Je l'ai pendu par le cou jusqu'à ce que mort s'ensuive dix mille et quelques fois, Theophilus ! Imagine ça ! Ce ne serait pas suffisant pour tuer un homme ? Quelle idiote, cette Jenny !

Dans son excitation, le vieil homme se redressa et parcourut la pièce en tous sens, le visage et les yeux enflammés.

— Il y a trente ans, elle a entendu sa voix charmeuse, elle a écouté sa langue trompeuse, et il me l'a prise... Oh, Theophilus, que ne suis-je né chat ! Et moins d'un an après, dès qu'elle a été dans cette situation où une femme espère d'un homme tendresse et considération, il s'est mis à la battre comme une chienne. Comme une chienne, Theophilus...

Le pauvre homme tournait sauvagement autour de la pièce, se cognant aux chaises et trébuchant dans les tapis.

— Il la battait comme une chienne. Je n'avais jamais vu ça. Comme une chienne, Theophilus, tu entends ? Et ce n'était pas tout.

Sa voix éraillée se fit murmure. A moitié penché, à moitié tapi, il se planta devant le chat, et le doigt pointé vers lui, il siffla :

— Un jour, il l'a tuée... Il l'a tuée ! Et pour *ça*, Theophilus...

Il se releva, redressa sa tête et ses épaules, leva vers le ciel ses deux bras en signe de triomphe, et s'exclama d'une voix forte :

— Pour ça, je l'ai envoyé à la potence, je l'ai vu

tomber dans la trappe, et j'ai vu son visage violet quand on a enlevé son capuchon.

Après cet éclat, il retomba doucement, retrouvant progressivement son calme, pour finalement se laisser glisser en grognant dans son fauteuil d'où il regardait vaguement l'horloge.

Les deux femmes vinrent aux nouvelles une fois ou deux dans la journée, mais à la fin il leur dit fermement qu'il souhaitait qu'on le laissât seul et Jenny regagna son domicile. Le malade n'avait plus d'autre compagnie que celle de Theophilus, il parlait de temps en temps au chat, qui demeurait imperturbable.

A onze heures ce soir-là, M. Wheeler se prépara comme d'habitude à assister à l'exécution. Il était si faible qu'il pouvait à peine bouger et il ne pouvait pas non plus voir son chat, couché à côté de son fauteuil, sinon il aurait certainement remarqué que d'étranges événements se préparaient. A onze heures vingt environ, il entendit tout de même le chat pousser un miaulement inquiet, mais il eut la légèreté d'en rire et essaya seulement de rassurer l'animal, ignorant tout de l'entrée discrète d'un homme dans la pièce.

— C'est ça, Theoph, Theoph, Theoph, comment tu t'appelles ? Theophilus ? C'est comme ça que tu t'appelles, hein ? Il est tout autour de nous, mon vieux, tout autour. Je le sens, je sens son odeur. Tu as peur, Theophilus ? N'aie pas peur. *Moi*, je n'ai pas peur.

Ha ! Ne fais pas ça, Theoph, Theoph, Theoph, dis-moi ton nom. Theophilus ? C'est ça ton nom ? Encore six minutes. Regarde bien les portes là-haut. Theoph, Th, Th... ophilus. Grand Dieu ! Quel drôle de nom pour un chat ! Ha, ha... quel drôle de nom pour un chat ! Theos, Theos... ophie ! Ah vraiment, quel nom ! Plus que quatre minutes. Regarde bien les petites portes, les portes qui sont là-haut.

Il poursuivit ainsi son monologue incohérent jusqu'à ce que les portes s'ouvrent. Encore un mouvement du balancier et ce serait l'exécution. M. Wheeler s'était préparé à assister à ce spectacle, à en déguster la saveur. Ses yeux fanés et ses pommettes crayeuses s'animaient d'une nouvelle vie. Retenant sa respiration, il se pencha maladroitement en avant, la bouche ouverte, hochant la tête nerveusement. Mais avant même que le balancier n'ait fait un aller et retour supplémentaire, la silhouette massive d'un jeune homme s'interposa entre le fauteuil et l'horloge.

Pendant un instant, le vieillard ne comprit pas ce qui se passait. L'inconnu avait placé son visage juste à hauteur du sien, et le pauvre homme contemplait l'apparition, désorienté et sans réaction.

L'homme prit alors la parole d'une voix sévère qui s'accordait à son expression sinistre.

— Eh bien, eh bien, nous y voilà bien plus tôt que je ne l'espérais. Vous êtes plus nerveux que je ne l'aurais cru. Et maintenant je n'ose poursuivre cette petite torture car je craindrais de ne pas laisser assez de vie dans votre misérable carcasse pour avoir le plaisir de m'occuper de vous, comme mon père s'est jadis occupé de votre femme, et comme vous vous êtes ensuite occupé de lui. Quelle délicieuse vengeance ! Vous aviez oublié mon existence, n'est-ce pas ? A moins que vous n'ayez pas su que j'étais né avant que mon père n'en finisse avec elle. Eh oui, je suis son fils et le fils de votre femme, et je suis l'héritier de l'esprit de mon père. Pouvez-vous comprendre ce que je vous dis ?

Il n'était pas certain que M. Wheeler le pût. Il avait toujours ce regard éperdu, ne sachant pas si l'exécution avait bien eu lieu, ou peut-être croyait-il que c'était la figurine qui était sortie de la pendule pour le punir car dans ses yeux se lisait une horreur nouvelle et plus profonde encore, comme surgie de très très loin. Il continuait de hocher mécaniquement la tête et essayait d'articuler quelques mots. L'inconnu le saisit alors brutalement par les épaules, ce qui eut pour effet de ranimer cet homme qui se laissait sombrer. Avec un immense effort et malgré sa grande faiblesse, M. Wheeler parvint à se redresser sur ses jambes. Et alors dans un brusque éclat de vie, il leva les bras et cria :

— C'était un pleutre et un assassin, et je l'ai pendu, neuf fois cinq, quarante-cinq, huit, dix mille...

L'inconnu, de retour dans son propre appartement (qui jouxtait celui de M. Wheeler), contemplait pensivement le mur.

— Je ne crois pas qu'on trouvera un jour cette ouverture derrière la pendule, grommelait-il en achevant ses préparatifs de départ. Je l'ai refermée aussi soigneusement que possible.

Il regarda ses mains. Elles étaient pleines de méchantes griffures.

— La sale bête ! s'exclama-t-il. Qui a jamais entendu parler d'un chat qui défendrait son maître ?

Il enfila une paire de gants et s'échappa en silence.

L'OMBRE FATALE

Mon père, responsable d'une famille nombreuse, était un grand scientifique. Il avait, entre autres, une maîtrise particulière de la phrénologie et de ses mystères. C'était également un homme extrêmement méthodique, je pourrais tout aussi bien dire consciencieux, et chacun de ses projets, chacune de ses réflexions intégraient obligatoirement la notion de devoir.

La première obligation que mon père estimait avoir envers ses enfants était de les orienter vers une carrière qui corresponde à leurs dispositions. Il se livra pour cela à une étude phrénologique approfondie de leurs crânes. Ce n'est pas chose aisée que d'être un bon phrénologue. Cela nécessite une connaissance parfaite de l'anatomie crânienne, mais aussi une longue expérience et un sens de l'observation affûté. Mon père examina ses enfants alors qu'ils étaient encore tout jeunes et la forme de leur tête décida de leur destin. Ainsi à ma sœur aînée (j'étais le second) il attribua le métier d'institutrice. Le frère qui me succédait se vit, quant à lui, destiné au sifflet et au bâton. Ensuite venait une sœur, et mon père lui assigna le pénible rôle d'épouse dévouée, et ainsi de suite jusqu'au dernier article du long inventaire de son hérédité. Il y eut cependant une exception, et cette exception c'était moi.

Il ne fit jamais le moindre diagnostic à propos de mon crâne.

Pourquoi ? Je me posai cette question des millions de fois. Je la posai à ma mère également, mais c'était une femme craintive et elle se contentait de me serrer dans ses bras et de m'embrasser. Elle me disait que mon père savait ce qu'il faisait et qu'en qualité de fils aîné j'étais très certainement destiné à un brillant avenir. Ces faux-fuyants ne me rassuraient qu'à moitié. Je savais que mon père était à la maison un maître sévère mais juste, et tout puissant. Pas un seul membre de la famille, de ma mère jusqu'au petit dernier — deux ans à peine mais déjà la honte de la famille destiné qu'il était à la politique — n'aurait osé le questionner sur ses motivations ou lui suggérer ses décisions.

Le temps passait et ma carrière n'avait toujours pas été choisie. De tous les enfants, j'étais le seul à n'avoir pas été conditionné, programmé comme une bombe pour exploser au bon moment. Je grandissais, tout en jambes. Un duvet pâle commençait à apparaître au-dessus de ma lèvre supérieure, ce détail, entre autres, me fit comprendre que je serai bientôt un homme.

Pourquoi mon père m'avait-il oublié ? Plus je m'interrogeais et plus cette négligence me paraissait étrange. J'étais désormais parvenu à l'âge où l'esprit humain, chamboulé par les désirs et éveillé par l'imagination, commence à fonctionner de façon autonome, où le col et la cravate ne sont plus des punitions, où le crépuscule tombe sur notre innocence, où la plainte des engoulevents le soir nous tient éveillés tandis que le ballet des lucioles attise en nous une flamme d'excitation, où la Nature enfin, après d'interminables bâillements, s'éveille pour nous envelopper de la caresse aimante de ses bras maternels.

Avec l'adolescence, vient chez le garçon la force, et chez la fille la tendresse. Je craignais mon père mais je l'aimais. Me méprisait-il ? Il me faisait penser à un vieil arbre foudroyé que je connaissais, grand, élancé, décharné, et pourtant debout, avec son unique branche noueuse. Si je le regardais sous un certain angle, je croyais voir mon père se tenant là, dans toute sa terrible solitude, la main étendue pour appeler sur moi la malédiction du ciel. Mais si je changeais de point de vue, l'expression était entièrement différente et c'était la bénédiction divine que l'arbre, mon père, semblait demander pour moi. Lequel de ces deux aspects reflétait mon destin ?

Avec l'adolescence vient la force, et avec la force, l'indépendance. Pourquoi devais-je craindre mon père ? Il n'était qu'un homme, et n'étais-je pas moi-même presque un homme ? Il avait toujours été bon avec moi. Une seule fois il avait levé violemment la main sur moi, et encore, c'était il y a bien longtemps, lorsqu'il m'avait surpris essayant d'assommer un des domestiques avec une barre de fer. Il me frappa jusqu'à ce que j'en sois malade, et ma mère pleura toute la journée à cause du délire et de la fièvre causés par la punition. Mais je n'étais qu'un petit garçon à cette époque, qu'avais-je à craindre aujourd'hui ? J'irai voir mon père pour lui demander de s'occuper de moi comme il l'avait fait pour mes frères et sœurs.

Cependant j'hésitais. Mon intelligence s'était affinée et me revenaient en mémoire des détails étranges, que j'avais remarqués sans parvenir alors à les comprendre. J'avais ainsi souvent surpris mon père qui me regardait avec une grande attention et un air plutôt soucieux ; dès qu'il s'en rendait compte, il se détournait et paraissait plus soucieux encore. Que cela pouvait-il signifier ? Le vieil arbre décharné de la prairie avait-il enfin étendu son ombre sur moi ? Et était-ce alors pour me bénir ou pour me maudire ? L'ombre n'existe pas sans la lumière et la vieille branche noueuse était pointée vers le ciel, dispensateur des bénédictions, mais aussi des malédictions.

J'étais ainsi, inquiet et indécis. Mon amertume

grandissait. Mon père ne voyait-il pas la fleur faner et le fruit mûrir ? Avait-il labouré la terre pour les semailles ou allait-il laisser se disperser les graines parmi les ronces et la bruyère qui étoufferaient leur éclosion ? Je blâmais mon père, et je m'en plaignis à ma mère. Je voudrais bien aujourd'hui que l'on m'ait alors coupé la langue pour l'avoir fait.

Puis vint le moment où il ne me fut plus possible d'attendre. J'allai donc trouver mon père et je lui demandai respectueusement, mais fermement, comme un devoir d'un père envers son fils, d'utiliser ses connaissances afin de tracer les plans de mon avenir.

Je n'oublierai jamais ce sentiment de surprise, mêlée de douleur, d'angoisse et d'embarras, que manifesta mon père lorsque je lui fis cette requête. D'abord, il se mit en colère et témoigna de l'impatience et du mépris, mais ces sentiments furent aussitôt suivis par un apitoiement qui me stupéfia, et enfin par une expression d'horreur qui me rendit fou. Mon cerveau tourbillonnait, je sentais mes nerfs s'agiter et se tendre atrocement. Vif et intelligent, mon père comprit mon exaspération, ma révolte et mon amour-propre blessé. Il perçut le bouillonnement de mon sang turbulent, mes muscles qui se bandaient, mes dents qui grinçaient, mes doigts qui se resserraient comme des serres, et il en pâlit de frayeur. Cela, je le vis très nettement. Oui, bien qu'il cherchât à le cacher, je le vis, je le vis ! Mon père avait peur de moi ! Mon père tremblait devant moi, livide et chancelant ! Mon père, cet homme grand et fort, sans voix devant son petit garçon. Mon père, qui avait défié la mort aux côtés de Scott au Mexique et qui avait combattu comme un lion sous les ordres de Stonewall Jackson ; ce vieux soldat aux cent batailles, qui portait en travers de la joue une cicatrice donnée par un sabre, qui lors d'un duel pouvait regarder le pistolet levé de son adversaire sans le moindre tressaillement ; cet homme si fort, sommet de virilité, de dignité et de fierté, pétrifié par la peur devant un enfant misérable, son propre fils, qu'un mot ou un geste aurait suffi à faire détaler en gémissant comme un chien battu !

Que cela pouvait-il signifier ?

— Père, demandai-je, dites-moi ce qui se passe.

— Mon fils, répondit-il d'une voix faible et agitée, écoute ton père. Tu es mon fils aîné. L'honneur de mon nom repose sur tes épaules. Sois sans appétits. Sois un homme. Respecte ta mère. Prends la vie telle qu'elle se présente à toi, et fais de ton mieux pour toi-même, pour ta mère et pour moi. Sois juste avec chacun. Et souviens-toi, mon fils : si jamais la tentation s'offre à toi, si jamais ta raison semble vouloir céder face à la passion, si jamais les saines amarres de la tempérance sont malmenées par la terrible main du Désir, alors souviens-toi de ta mère, une bonne et douce mère, qui prie pour toi plus souvent que tu n'oserais l'imaginer, qui te surveille, qui t'aime et qui arrose ta vie de la tendre rosée de sa présence. Sois le repos et le réconfort de ses vieilles années. Que ta force et ta droiture deviennent pour elle un bouclier contre les aléas de la vie. Et ne laisse pas, malgré ton jeune âge, la Colère murmurer à ton oreille de vagues désirs qui résonnent comme ce qu'ils sont, vides, creux et illusoires. Va, mon fils.

C'était le discours le plus étrange que j'aie entendu de ma vie. Je quittai mon père, glacé jusqu'à la moelle, le cœur malade, touché par son sermon mais dérouté par les circonstances, le cerveau engourdi, douloureux d'interrogations. J'étais tenaillé par une inquiétude qui, refusant de prendre forme et d'être combattue comme un ennemi tangible, me tordait les entrailles et me poignardait avec d'invisibles dagues.

Que devais-je faire ? Ma mère était laissée à mes soins, une mère toujours bonne, patiente, douce et attentionnée. Mon père me voyait-il comme un monstre ? Et si c'était le cas, ma mère aussi ? Elle n'en avait jamais donné le moindre signe, elle avait toujours été la même mère pour moi. S'était-elle jamais rendue au bord de la prairie d'où elle aurait vu l'arbre fendu invoquer la malédiction sur moi ? Ou peut-être était-elle allée de l'autre côté, là où se trouvait ce vieux chêne immense que la vigne escaladait, et avait-elle vu l'autre aspect plus aimable ?

Je me mis à sa recherche sans attendre. Quel rapport y avait-il donc entre sa douce bonté et mon agitation violente ? Qui pourrait mesurer la force de ce lien mystérieux qui unit une mère à son fils, aussi différents soient-ils que le ciel et l'enfer, ce lien ténu, invisible comme la vérité, impalpable comme la pureté, inconcevable comme le droit, puissant comme la force, inimaginable comme l'éternité ? Peut-on peser l'odeur d'une rose ? Pourrait-on compter en perches, mâts ou bâtons l'efficacité d'un soupir, la douleur d'un désir insatisfait, l'espoir qui se nourrit de la foi, l'attachement qui accompagne la possession, le désir qui remplit l'amour, l'emprise de l'affection, la tendresse née de la peur, et plus grand et plus fort que tout, la force de l'instinct héréditaire ?

Où se trouvait ma mère ? Je n'avais pas perdu un instant pour partir à sa recherche, mais où se trouvait-elle ? Elle n'était pas là où je le pensais, là où j'étais sûr de la trouver. Elle aurait dû être assise dans son petit fauteuil d'osier devant la baie vitrée du salon, cousant, regardant de temps en temps l'horloge pour voir s'il était bientôt temps de demander le dîner. La petite table avec ses compartiments innombrables et incompréhensibles, ses coins et recoins mystérieux, aurait été juste à côté de son coude droit. Ses pieds délicatement pantouflés auraient reposé sur le tabouret brodé placé juste en face du fauteuil. Le vieux chat maltais, gris, sage et mauvais, aurait dû être pelotonné sur le tapis sous l'ottomane, profondément indifférent à l'aspect féroce de la tête de tigre qui ornait le tapis proche de la cheminée. Quand je surgis dans la pièce, ma mère n'y était pas.

Était-ce une sorte de superstition ? Que signifiaient ces réflexions inconscientes, à peine formulées, que je déduisais de ces détails inhabituels ? Ôtez un seul rouage de la machinerie de la vie, et il s'ensuit un éclat, un fracas, un tonnerre qui nous éveillent à la *sensation* de vivre ! Le plaisir, c'est le tumulte. Il n'y a de vie que dans l'agitation, le dérangement des choses ordonnées, la perversion des lois. Ne cherchez pas plus loin le secret de l'existence des anarchistes, de l'appétit des politiciens, de l'origine des murmures, des soupirs et des collisions des ambitions tout au long des avenues de l'existence humaine. Où serait le plaisir de vivre si ce n'était pour l'originalité de la mort annoncée ?

Elle n'était pas là. Où était-elle ? Le vieux chat, enroulé dans le péché, obséquieux comme un Pharisien, patient comme le temps, m'adressa un clignement de paupière, mais gardait un œil méfiant sur mon pied indécis. La tête de tigre bâilla, ensommeillée et impertinente. Il ne manquait que trente secondes à la pendule pour annoncer l'heure du dîner.

Ma mère apparut soudain à l'entrée du petit salon, la haute silhouette de mon père derrière elle. Je vis alors l'arbre décharné de la prairie lorsqu'il attirait sur moi la malédiction. Ma mère était très pâle. Son regard était éperdu, ses lèvres blanches. Elle marchait comme dans un rêve, ou plutôt un cauchemar, quand des ossements et des lambeaux de chair torturent un sommeil mélancolique. Elle me vit. Me serais-je précipité sur elle et l'aurais-je frappée au visage (que Dieu me pardonne cette pensée!) ou poignardée en plein cœur (que le Ciel me punisse pour cette image sacrilège!), elle n'aurait pas eu l'air plus douloureusement choquée qu'elle ne le fut en m'apercevant. Elle me dévisagea avec horreur. Ses yeux roulèrent follement. Ses lèvres s'empourprèrent et s'entrouvrirent sur un soupir désespéré, et les mains tendues, avec un cri qui résonnait de tous les tourments de la vie et de la mort, elle tomba inconsciente sur le sol.

C'était ma mère, et je l'aimais, mais ce regard inconscient chargé d'horreur et de répulsion, plus noir que la nuit, plus profond que l'enfer, d'où provenait-il? L'ombre de l'arbre s'était abattue sur elle.

En quoi étais-je monstrueux? Étais-je la source de toute abomination? La voyait-on briller dans mes yeux, dégoutter de mes doigts, exsuder des pores de ma peau? L'arbre de la prairie s'incarna dans la pièce, et le bras tendu, mon père montra la porte et dit:

— Tu as effrayé ta mère. Va-t-en.

Le chat me regarda sournoisement comme je me faufilais hors du salon, et la tête de tigre bâilla dans un ineffable soulagement.

Quelle était donc l'origine de ce mystère, de cette ombre fatale, cette obscurité impénétrable, cette brume opaque qui m'encerclait? Où cela me mènera-t-il? Sur quels chemins tortueux devrai-je errer parmi ces ténèbres ?

Cependant la Science demeurait. Elle semblait me héler faiblement à travers la brume. Je la voyais qui brillait vaguement au-delà de l'obscurité et qui apparaissait, sévère et inébranlable, au-dessus des ombres. La foi est un désir perverti de connaissance, et si l'étude est le berceau du désespoir, alors je voulais être bercé jusqu'au sommeil.

Je connaissais un phrénologue qui, comme mon père, était un homme consciencieux. Il ne me connaissait pas, et c'était pour le mieux. Je m'enquis de cet homme, et c'est là mes amis une bien étrange histoire.

Il avait fait de la phrénologie son métier et il tenait une officine où il examinait les crânes pour une somme modique. Lorsque j'entrais dans la pièce, il me jeta un coup d'œil distrait car je n'étais encore qu'un gamin (j'ai appris depuis que son activité principale consistait à déterminer l'emploi de ceux qui avaient déjà choisi l'orientation de leur existence). Il me fut assez indifférent, mais je me souviens qu'il me demanda très poliment de m'asseoir.

Je lui expliquai ce que je désirais. Il posa ses mains sans précautions sur ma tête, mais à peine l'avait-il fait qu'il se rejeta en arrière, le visage blême de terreur.

Nous étions là, seuls, moi, un jeune garçon, et lui, un homme mûr. Ce n'était pas une grande pièce.

J'étais plutôt costaud. Je me dirigeai vers la porte, la verrouillai et mis la clé dans ma poche.

Il n'y avait que nous deux, lui et moi. Le brouillard aveuglant m'avait suivi dans la pièce, l'ombre fatale était également là, et l'obscurité. Il me semblait voir se découper la haute silhouette de l'arbre foudroyé. Deux hommes, et entre eux un mystère dont l'un connaissait la clé. J'avais des bras puissants. Mes doigts avaient une prise solide et pouvaient sans aucun doute faire le tour du cou d'un homme ordinaire. J'avais pressé la grappe et extrait le jus, du jus j'avais tiré le vin, et ce vin m'avait procuré des visions merveilleuses et enchanteresses plus douces encore que mes rêves de paradis.

A ce moment-là, je me sentais parfaitement calme, mais je devais à tout prix savoir ce qu'il savait. J'étais déterminé à ce qu'il me dise quelle chose horrible révélait mon crâne. Un jour j'avais étranglé un chien enragé, je l'avais étouffé jusqu'à ce que sa langue pende hors de sa gueule et que ses yeux semblent prêts à jaillir de leurs orbites, puis j'avais jeté sa carcasse. Je répète qu'au début j'étais calme, mais quand il refusa catégoriquement de me révéler ce qu'il savait, je sentis un étrange frisson me parcourir les bras, comme une accumulation intense et soudaine de forces nerveuses qui réclamaient un peu d'exercice.

— Dites-moi ! dis-je, certes doucement, mais sur un ton qui le fit frissonner.

— Je ne peux pas, gémit-il.

— Dites-moi !

Cette sensation dans mon bras devenait difficile à contrôler.

— C'est impossible ! dit-il implorant.

— Pourquoi ?

— C'est trop affreux !

— Dites-moi !

Mes mains s'ouvraient et se refermaient étrangement, comme désespérément vides et affamées.

— Que voulez-vous savoir ? parvint à articuler l'homme, qui cherchait à gagner du temps.

— Je veux savoir, répondis-je toujours maître de moi-même, quelle est ma vocation.

La sensation avait, de façon irrésistible, décidé de me faire étendre le bras vers lui, et mes doigts me démangeaient incroyablement. Il s'en rendit compte.

— Il n'y a qu'une chose dans la vie pour laquelle vous êtes fait, balbutia-t-il finalement, et il m'est pénible d'ajouter que c'est également la seule chose que dans son impénétrable sagesse la Nature a décidé que vous ne pouviez éviter d'être.

— Mais qu'est-ce ? Que suis-je donc appelé à devenir ?

— Un meurtrier !

Mes amis, qu'est-ce que le destin ? Pour celui-ci, la gloire, pour celui-là, la corde. Je ne me plains pas.

J'honore et je respecte trop la Nature pour pleurnicher à ses décrets. Un arbre foudroyé dans un champ, la plainte de l'engoulevent à la tombée du soir, un chat maltais repu de crimes, un doux visage ravagé par la terreur, ce ne sont là que des indices microscopiques fournis par la Nature. (*Cher monsieur, ne serrez pas si fort, j'ai mal*). Je ne demande ni pitié ni compassion. Demeure en moi la croyance infinie de celui qui aime la Nature et s'incline à ses lois. (*Gardez le capuchon encore un instant s'il vous plaît, vous pourrez me l'enfiler ensuite*). C'est elle qui a tracé les plans de mon existence et je les ai respectés. Adieu. Puissiez-vous tous être heureux comme je le suis aujourd'hui d'avoir accompli le destin pour lequel j'étais né ! (*Ce nœud coulera-t-il facilement ? Voilà. Mais inutile de serrer trop, ma tête ne glissera pas à travers !*).

UN MYSTÈRE A SOUTH PARK

Un matin, on remorqua sous le pont du Golden Gate un étrange petit navire, si inhabituel et curieux qu'il détonnait même dans la baie de San Francisco, pourtant fréquentée par tous les engins à voile inhabituels et curieux. Il n'y avait aucune raison apparente pour que l'on eut besoin d'un remorqueur car le navire était petit et le vent favorable, il aurait très bien pu entrer dans la baie sans assistance. Quand les officiers de la Chambre des Douanes montèrent à bord pour inspecter la cargaison, on comprit la raison du remorquage: le capitaine du navire était une femme et l'ensemble de l'équipage était composé des hommes à l'aspect le plus singulier ayant jamais manié le faubert. En résumé, pas une âme sur la goélette n'était familière de la baie.

Le capitaine et propriétaire du navire était une

femme blanche; les marins étaient des hommes d'une sombre couleur de bronze, grands, musclés, et d'allure fruste. Pas un d'entre eux ne parlait anglais. Le contraste avec la femme était extraordinaire. Tandis que tout en elle était raffiné comme de la soie, ils semblaient pour leur part appartenir à quelque primitive tribu orientale. Elle était de petite taille et eux avaient quasiment des proportions de géants. Sa silhouette était mince, ondoyante et gracieuse, mais chacun de ses muscles semblait exercé, ferme et vibrant d'énergie. Son teint, qui avait largement échappé au bronzage qu'occasionnent les longues traversées, était pâle, ses traits fins et délicats, ses grands yeux étaient noirs, d'une étrange profondeur, et sa chevelure brune était riche et luxuriante. De toute évidence, elle s'était préparée pour venir à terre car sa robe, unie mais très belle, d'un lourd drap vert sombre, et son manteau passementé de fourrure n'étaient pas des vêtements de bord. Elle attendait les officiers pour les accueillir lorsqu'ils enjambèrent le bastingage du navire.

— Bonjour, messieurs. Que puis-je pour vous ?

Son attitude était franche, pleine d'assurance, et sa langue laissait chanter un léger accent.

— Êtes-vous le capitaine de ce navire, madame ?

— Si l'on veut. Le bateau est à moi et les autres ne parlent pas anglais.

— Votre nom ?

— Madame Ricard.

— Vos papiers ?

— Hélas ! Je n'ai pas de papiers.

Les hommes parurent décontenancés et ils échangèrent un regard.

— Oui, messieurs. J'ai perdu mes papiers, et bien d'autres objets précieux que j'avais à bord, à l'occasion d'une tempête.

— De quel port êtes-vous partie ?

— De bien nombreux ports, monsieur, si du moins je peux appeler ports de tels endroits. Ceci est ma goélette, et ma dernière autorisation de naviguer m'a été délivrée à Brindisi il y a maintenant deux ans et huit mois. Depuis, j'ai connu bien des aventures. J'ai même découvert un île, dont j'ai pris possession. Ces hommes qui m'accompagnent en sont originaires. Mon navire était la première embarcation à voile qu'ils aient jamais vue, et ceci est leur premier voyage loin de chez eux.

— Fort bien, madame, mais vous nous raconterez le reste de vos aventures un peu plus tard. Que transportez-vous ?

— Rien, excepté un animal sauvage. Il se trouve dans cette boîte.

Elle montra du doigt une impressionnante caisse de bois, qui était solidement arrimée sur le pont près du grand mât.

— De quel genre d'animal s'agit-il ?

— Je ne suis pas zoologiste, et par conséquent je ne

peux pas vous dire précisément à quelle espèce il appartient. Je pense qu'il s'agit d'un genre de léopard. On ne le trouve nulle part ailleurs que sur l'île que j'ai découverte et que je dirige.

— Que comptez-vous en faire ?

— Monsieur ! protesta-t-elle. Il m'appartient, et je compte en faire ce que bon me semble.

— Je ne voulais pas vous vexer, madame, se défendit l'officier-inspecteur, mais vous devez comprendre que votre entrée dans ce port est si inhabituelle que nous devons prendre des précautions particulières. Je ne suis pas encore sûr que votre navire soit autorisé à s'amarrer, et je vous recommanderais d'être un peu plus coopérative.

— Oh ! Je n'avais pas compris tout cela. Je ne voudrais pas vous être désagréable. Eh bien voilà : pendant plusieurs années j'ai été dompteuse et j'ai ainsi parcouru toute l'Europe pour présenter des animaux. Il n'y a rien là de bien mystérieux. J'ai ici un spécimen très rare. Je l'ai dressé et il est devenu mon animal de compagnie. Je pourrais le vendre très cher, ou je pourrais le montrer en spectacle, car je lui ai appris de nombreux tours étonnants. Avec moi il est assez docile, mais il reste très féroce et s'il le pouvait, il tuerait quiconque s'en approcherait.

L'officier-sanitaire examina le navire et l'équipage, il déclara que tout était parfaitement sain. On garda l'examen de la caisse pour la fin. Elle mesurait environ douze pieds de haut sur huit de large. Elle était faite d'un bois solide, les planches étaient épaisses, grossièrement taillées et maintenues avec de forts liens métalliques. A partir d'une hauteur de trois pieds et jusqu'au sommet s'alignaient tout autour de la caisse des rangées de trous d'un pouce de diamètre. Il n'y avait aucun trou sur le couvercle. La particularité de ces orifices est qu'ils avaient été percés de bas en haut sous un angle si fermé qu'en regardant au travers on ne pouvait voir que le couvercle de la boîte et les barres de fer entrecroisées qui formaient une cage à l'intérieur. Il n'y avait aucun moyen d'ouvrir la caisse autrement qu'en arrachant les liens métalliques. Quand on l'interrogea, l'étrange femme expliqua que les trous avaient été percés ainsi afin que la bête ne puisse pas voir le ciel et ne dispose que de très peu de lumière, ce qui était le seul moyen de calmer son tempérament furieux, d'éviter ses grondements et ses cris qui étaient des plus terrifiants. En outre, ainsi l'animal ne pouvait pas voir les marins, dont la présence aurait attisé son appétit de chair de façon inquiétante.

Le médecin examina attentivement la cage et dit alors à l'officier-inspecteur :

— La boîte laisse bien filtrer l'odeur d'un animal, quoique assez particulière. Je n'ai pas le nez exercé à ce genre de situation, mais il me semble que si cette dame peut expliquer de façon satisfaisante la perte de ses papiers, tout le reste est en ordre.

— A combien évaluez-vous cet animal, madame? demanda l'officier.

— Eh bien, c'est un animal rare et d'une grande valeur. Je ne sais pas combien je pourrais en obtenir, même si je décidais de le vendre, mais je pense qu'une estimation raisonnable serait d'environ... environ... 8 000 dollars.

Le visage des hommes trahit leur surprise à ce qui leur sembla une somme fabuleuse.

— De toute évidence, glissa l'inspecteur à son adjoint, cette femme est sans malice. Elle aurait pu déclarer la bête pour deux mille dollars ou moins au Bureau d'enregistrement. Madame, nous sommes prêts à écouter votre histoire.

La femme se redressa, rassembla ses forces, et entreprit de raconter d'une manière vivante, mais simple et directe, la longue histoire de ses aventures. La voici en quelques mots. A l'occasion de l'une de ses régulières chasses aux animaux, elle avait affrété cet étrange navire dans un obscur port (inconnu des officiers) sur une île de l'archipel malais, et avait parcouru diverses régions tropicales et subtropicales. Après avoir capturé un certain nombre d'animaux de valeur, elle mit le cap sur Brindisi, où elle mouilla, puis de là convoya les animaux jusqu'à Marseille. Elle s'y ravitailla, rejoignit l'Océan Indien, passa le détroit de Malacca et fit route vers les îles des mers du sud, toujours en quête d'animaux exotiques.

Son navire subit alors pendant sept jours une des terribles tempêtes dont cette région est coutumière, jusqu'à perdre tout repère de navigation. A chaque instant on craignait le naufrage tant le bateau était secoué et les marins étaient si épuisés qu'ils n'étaient plus en mesure de le diriger. C'était un miracle s'ils le maintenaient encore à flots. Un à un, ils étaient emportés par la mer furieuse qui balayait le pont. Enfin les deux derniers membres de l'équipage, devenus fous de terreur et de souffrance, se jetèrent d'eux-même par dessus bord, la laissant seule âme vivante dans cette embarcation abandonnée aux éléments.

Incapable de diriger la goélette, épuisée et à moitié délirante, elle se laissa aller au désespoir et attendit la fin inéluctable. Les mâts avaient été arrachés, les animaux noyés ou bien emportés par dessus bord, les écoutilles submergées, la cabine inondée, les instruments et les cartes balayés, et la coque était à moitié remplie d'eau. Elle perdit finalement connaissance, et quand elle se réveilla, elle se trouvait sur une petite île, au milieu d'hommes et de femmes d'un type qu'elle n'avait encore jamais rencontré, et dont elle ne pouvait comprendre la langue. Elle constata rapidement que ces gens n'avaient jamais vu de blanc auparavant, ni de bateau à voile, et qu'ils la prenaient pour un être surnaturel, une déesse qu'ils vénéraient. Ils avaient tiré la goélette sur le sable et l'avaient ainsi sauvée. Elle accepta la situation avec complaisance, et s'attacha à renforcer leur croyance en ses pouvoirs surnaturels en leur enseignant de nombreuses petites choses bien ordinaires. Elle vécut là pendant presque deux ans dans une sorte de bonheur étrange et lénifiant. Finalement elle fut rattrapée par le désir de revoir le monde d'où elle venait. Elle entreprit donc de faire réparer le navire, exerça quelques hommes à le manœuvrer, et se lança à la recherche des côtes américaines sans même un compas. Avec une chance à peine croyable, elle arriva en vue du Golden Gate où elle fut prise en charge par un remorqueur. Elle avait conservé une importante quantité de l'or qui se trouvait dans le bateau avant le naufrage et elle disposait ainsi d'une fortune confortable. Ce qui la tracassait le plus dans toute cette histoire était qu'elle n'avait eu aucun moyen de mesurer la latitude et la longitude de l'île, n'ayant ni instruments ni connaissances en astronomie. C'est pourquoi elle craignait de ne pas pouvoir la retrouver alors qu'elle recelait d'importantes richesses minières. Quant à l'équipage, il se satisferait de demeurer à son service, persuadé sans hésitation qu'elle avait la possibilité d'accomplir à tout moment l'impossible tâche de les ramener à leur peuple.

Les officiers furent si touchés par cette histoire qu'ils permirent à la femme et à ses hommes de débarquer et d'emporter avec eux l'énorme caisse, pourvu qu'elle payât la taxe d'importation sur la valeur qu'elle avait elle-même estimée. Madame Ricard s'installa dans une grande et confortable maison qui se trouvait dans un quartier passé de mode à San Francisco. Elle s'y enferma si complètement que seuls pouvaient l'entr'apercevoir ses étranges compagnons et une jeune irlandaise dégourdie du nom de Minnie Ratogan qu'elle employait à son service. C'est ainsi que, pendant un moment, elle disparut tout à fait.

— Vous pensez que vous parviendrez à tirer quelque chose de Rutan ? demanda un jour le Chef de la Police de San Francisco au capitaine des inspecteurs.

— Je ne sais pas, lui répondit celui-ci avec un regard amusé. J'ai des doutes à son sujet. C'est un petit diable fantasque et plein d'imagination qui a trop lu Vidocq et Gaboriau. Il est enthousiaste, zélé, et je n'ai jamais vu un garçon croire avec autant de sincérité qu'il est le futur plus grand détective du monde. J'aimerais lui donner toutes les occasions de mettre sa fougue à profit, mais depuis que ses théories bancales et immatures nous ont conduit au si déplorable fiasco de l'affaire Carnovan, j'hésite à lui confier le moindre travail sérieux. Auriez-vous quelque suggestion à me faire ?

— Oui, j'en ai une ; une histoire qui m'a fait penser à Rutan. J'ai reçu cette lettre circulaire du Préfet de la Seine, à Paris, à propos d'un extraordinaire et mystérieux criminel qui aurait opéré d'Anvers jusqu'à Bombay et dont on a perdu toute trace. Le Préfet pense que l'homme est mort de maladie il y a trois ou quatre ans à Singapour. Il estime cependant que l'Europe étant devenue trop dangereuse pour le gaillard, il pourrait également se cacher dans un autre coin du globe. C'est pourquoi il a fait diffuser ce courrier dans le monde entier afin qu'on le retrouve, si toutefois il est toujours en vie. Dans une lettre qui accompagne la circulaire, le Préfet suggère que le bandit aurait pu choisir San Francisco ou un autre port de la côte comme refuge. Que pensez-vous de mettre Rutan sur cette affaire ? C'est une histoire sensationnelle et inhabituellement mystérieuse qui ne devrait pas manquer d'enflammer son imagination ?

— C'est une excellente idée, acquiesça le capitaine en parcourant les lettres. Je vais me charger de l'affaire et envoyer en mission notre fougueux petit limier.

Les yeux de Rutan se mirent à pétiller lorsque le capitaine lui présenta gravement le cas, et dans son enthousiasme il ne décela pas l'ironie dont était empreinte l'attitude de son supérieur. Il était si excité après avoir pris connaissance de toutes les étrangetés du dossier qu'il s'exclama :

— Si seulement j'en avais les moyens, je partirais d'Anvers pour suivre la trace du brigand jusqu'au fin fond de l'Océan Indien !

— Vous vous limiterez à San Francisco, dit le capitaine. A présent, cette affaire est entièrement entre vos mains. Ne vous laissez pas aveugler par votre enthousiasme. Faites à votre manière, et inutile de m'en référer jusqu'à ce que mon intervention soit nécessaire. Si vous progressez et s'il vous semble que vous avez besoin de tout votre temps pour cette affaire, dites-le moi, et je ne vous donnerai pas d'autre travail. Maintenant, à vous de jouer, mais soyez prudent... soyez prudent.

Rutan songea qu'il y avait une faible chance que le criminel fût encore vivant, et plus faible encore qu'il se trouvât à San Francisco. Le signalement de l'homme, la nature et le déroulement de ses forfaits étaient clairement établis, mais le retrouver, pour autant qu'il fût à San Francisco, était une autre affaire. Il fallait d'abord envisager quels pourraient être les indices de sa présence avant de se mettre à leur recherche, et Rutan y réfléchit avec ardeur.

Le célèbre malfaiteur était un voleur et un assassin, ses méthodes uniques et sauvages avaient mis toute l'Europe en émoi. En bref, voici comment il procédait : usant d'un pouvoir que l'on ne connaissait ni ne comprenait, il attirait dans son repaire des hommes riches qui s'y présentaient avec de l'argent ou des bijoux, et là il les volait et les tuait. Pas une de ses victimes n'avait échappé à la mort, et c'est essentiellement à la manière dont ces meurtres avaient été accomplis que l'on devait la traînée de terreur qu'il laissait derrière lui. Les malheureux étaient retrouvés en bordure de route, broyés à mort, il ne leur restait quasiment pas un seul os intact. Il n'y avait pas le moindre indice de l'arme utilisée. Leurs vêtements n'étaient même pas en désordre ! En étudiant les documents qu'il avait à sa disposition, Rutan constata que les victimes étaient des hommes aux mœurs dissipées et enclins à la débauche. Insatisfait cependant des informations que contenait le dossier, il jalonna de courriers le parcours européen du criminel ; posant à ses confrères des questions nombreuses et précises. Il ne se risqua pas à établir une théorie avant d'avoir reçu toutes les réponses. Son hypothèse impliquait une femme. Bien que rester à San Francisco soit un lourd handicap, il faisait de grands progrès, et il commençait à se demander pourquoi les grands détectives européens n'avaient pas étudié ce cas aussi méticuleusement que lui. Tout ce travail lui demandait énormément de temps, mais c'était une bonne discipline. Il apprenait la patience. La femme qu'il avait théoriquement introduite dans l'affaire était jeune, belle — ou du moins fascinante — et par dessus tout calme, discrète et audacieuse. Quant aux moyens qu'elle et son associé employaient pour tuer leurs victimes, c'est un sujet sur lequel il n'avait pu trouver aucune lumière.

Mais s'il y avait une femme dans l'affaire, le lien qui la retenait à l'homme était indéfectible. S'ils avaient été séparés, ce ne pouvait être que parce que l'un ou l'autre était mort. Se séparer sur une dispute leur aurait été fatal. Si l'un était mort d'une fièvre contagieuse à Singapour, l'autre en serait probablement mort également. Par conséquent (et pour d'autres raisons également) si on les trouvait, ce serait ensemble, engagés dans une relation étrange. Selon toute probabilité, ils disposaient de moyens importants. S'ils devaient rejoindre la civilisation (et ils ne pouvaient pas s'en tenir éloignés bien longtemps), ils y vivraient en accord avec leurs moyens, et à la lumière de leur passé ils développeraient sans doute quelques habitudes excentriques. Pour de nombreuses raisons, il leur serait impossible de passer inaperçus. Ils n'arriveraient probablement pas à San Francisco comme de simples passagers sur un vapeur d'une ligne régulière, mais d'une façon inhabituelle en suivant un plan clairement établi et soigneusement préparé, dont l'objectif serait de détourner l'attention de ce qui était vraiment important.

Pouvons-nous croire que Rutan tomba par hasard sur l'étrange cas de Mme Ricard? Son histoire avait paru dans la presse et il avait mis précieusement l'article de côté. Il avait en outre rassemblé d'autres détails de diverses façons. Il découvrit avec délice et exaltation que Mme Ricard n'avait jamais cherché à vendre ou à exhiber son animal. Son histoire rocambolesque lui apparut alors dans toute sa fragilité. Une femme qui était capable de bâtir une telle fable et de réussir au grand jour une entrée si extraordinaire à San Francisco était un génie de premier ordre, rivalisant d'intelligence avec les criminels les plus audacieux et les plus astucieux. Rutan en conçut une telle estime pour ses capacités, qu'il en vint bientôt à penser que c'était elle le cerveau de toutes les diableries que contenait ce dossier, et que son assistant masculin n'était au plus que l'un des outils dont elle se servait pour agir.

Il réfléchit longuement aux indices qu'il possédait. On pouvait s'attendre à ce que, pour échapper à l'attention publique, le couple mystérieux laisse des signes inverses de ceux qu'on avait relevés en Europe. Là-bas, on avait vu l'homme, jamais la femme. Ici, par conséquent, la femme serait en évidence et l'homme caché. La raison la plus probable était sans doute qu'il faut bien plus d'habileté pour échapper à la justice que pour commettre un crime. La femme étant supérieure à l'homme, c'est donc à elle que cette tâche incombait. Rutan se frotta les mains.

Madame Ricard habitait South Park, dans l'une de ces vieilles maisons de brique aux décors de stuc ayant appartenu, quelques années auparavant, à la population aisée et à la mode qui donnait le ton à San Francisco; avant qu'une récente coterie de nouveaux riches ne découvre et ne rende populaire le quartier désolé et glacial de Western Addition. Il est probable que depuis des enfants sont nés et ont grandi à Western Addition sans avoir jamais vu South Park. Pourtant la petite pelouse en ellipse avec son mur de brique piteux (décoré, comme les maisons, avec du stuc) est toujours là, et les façades lugubres des maisons lui font toujours face, rangées de part et d'autre en demi-cercles. De temps en temps, un enterrement ou un vol de moineaux perturbent la tranquillité du quartier. Dans les rues entourant la petite pelouse, il y a de la boue en hiver et de la poussière en été. Des gens y vivent encore. Les uns regardent les moineaux, et les autres meurent. C'est dans une de ces maisons qu'habitait Mme Ricard.

Rutan tint le raisonnement suivant : l'homme, dans cette association criminelle, n'était pas du genre à rester caché dans la maison, et cependant on n'avait trouvé aucune trace de lui à l'extérieur ! Par conséquent, une des trois propositions suivantes devait être vraie : soit il s'était rendu à l'extérieur, mais sous un déguisement ; soit il était maintenu dans la demeure par une maladie ; soit il était mort. S'assurer qu'il était vivant suffirait donc dans un premier temps. Rutan surveilla habilement la maison, collecta des indices ici et là, et se trouva finalement en possession d'étranges informations. La première d'entre elles était que tous les hommes de bronze, sauf un, avaient disparu. Il restait à découvrir où ils étaient allés. Celui qui restait, bien que ne parlant quasiment pas anglais, circulait avec une certaine liberté, quoique peu, et avait une manière de disparaître si complètement parfois, qu'on ne pouvait faire aucune hypothèse sur l'endroit où il se trouvait. Voilà qui devenait véritablement étrange.

Mme Ricard avait bien précisé que ses hommes resteraient avec elle jusqu'à ce qu'elle décide de les ramener sur leur île, qu'ils étaient sans ressources et dépendaient entièrement d'elle. Et pourtant, ils avaient disparu. Rutan s'interrogeait sur leur véritable nationalité et leur destination, mais il y avait des choses plus urgentes à faire.

La première cible de son offensive vers l'intérieur de la maison était Minnie Ratogan. Tout d'abord, il avait appris qu'elle était une fille simple, honnête et joyeuse qui se rendait tôt à la messe trois fois par semaine, en plus du dimanche. Elle avait des cheveux sombres, les yeux bleus et de seyantes taches de rousseur sur le nez. Mieux encore, elle savait se taire. Néanmoins, elle avait une mère, et d'elle Rutan apprit un certain nombre de choses, par exemple que Madame Ricard avait fait venir des ouvriers pour tapisser une pièce de lambris élevés et placer à ses fenêtres des barreaux métalliques, que ces hommes avaient été généreusement payés et enjoints de garder le silence, que Madame Ricard et le dernier homme de bronze manifestaient une étrange réserve au sujet de la destination de cette pièce qui se trouvait dans une aile dont l'accès était gardé par une porte fermée à clé. Minnie (certes discrète, mais aussi féminine et curieuse) supposait que la chose qui habitait la pièce avait un curieux régime alimentaire, avec un appétit prodigieux mais irrégulier. On lui avait cependant si bien dissimulé tout cela qu'elle ne savait rien de l'animal sauvage qui se trouvait sur la goélette. Rutan, qui était au courant de toute l'histoire, s'amusa de l'innocence et l'ignorance de la jeune fille. Elle était dévouée et honnête, et il se demanda s'il devait coucher avec elle (bien qu'il fût marié), la soudoyer ou l'effrayer. Après avoir longuement réfléchi, il établit un plan.

S'étant assuré que c'était le jour de congé de Minnie et ayant également mis le capitaine dans la confidence (car l'âge et l'autorité ont un poids que ne peuvent remplacer la jeunesse et l'énergie), Rutan arrêta un matin la jeune fille à l'angle de South Park et de la Troisième Rue. C'était sans doute un peu cruel, car c'était un dimanche et Minnie, radieuse et souriante, était sortie pour un rendez-vous galant. Dès qu'elle eut tourné dans la Troisième Rue, elle s'arrêta et, avec un mouvement vif de sa jolie tête, appela une voiture. Rutan, dont le fourgon attendait à l'angle, s'avança alors, la salua, lui montra son étoile et lui dit qu'elle était désirée à l'Hôtel de Ville. Il s'émut de la pâleur de ses joues et de son regard alarmé.

— Je n'ai rien fait de mal, Monsieur, protesta-t-elle la voix tremblante, tandis que Rutan la poussait dans le véhicule.

— Je le sais très bien, Minnie. Ne vous inquiétez pas. Il n'y a strictement aucun danger. Le capitaine voudrait bavarder avec vous, c'est tout. Il a bon cœur et tout ce que vous aurez à faire sera de lui dire la vérité à propos des gens pour qui vous travaillez. Tout le monde sait quelle fille respectable, sérieuse et honnête vous êtes, et personne ne touchera à un seul de vos cheveux.

Il la rassura avec ce genre de paroles, et ce fut en pleine confiance qu'elle se retrouva face à l'honorable Capitaine de Police.

Elle commença par protester. Il était méprisable, dit-elle, de dire du mal de ses employeurs. Mais l'officier lui rappela fermement que c'était son devoir de se ranger du côté de la loi lorsqu'une action de justice était en cours et que c'était aussi le moyen d'écarter les soupçons qui pouvaient peser sur elle. L'inspecteur, habile et expérimenté, usa de toutes les astuces qu'il connaissait pour amener la pauvre fille en son pouvoir et il l'obligea, non seulement à dire tout ce qu'elle savait, mais également à promettre son aide. Elle savait finalement bien peu de choses mais elle les dit toutes. Elle faisait la cuisine et l'essentiel du ménage. L'imposant homme de bronze la tenait le plus possible à l'écart, et la seule personne à ouvrir la porte du passage qui menait à la chambre à barreaux était Madame Ricard elle-même, elle gardait d'ailleurs la clé dans sa poche. Quel genre de nourriture y apportait-on ? Vraiment, Minnie n'en avait pas la moindre idée. En effet, quelle que fût la nourriture qu'on y amenait, elle ne faisait jamais défaut sur la table ou dans le garde-manger. Les repas se passaient ainsi : Madame Ricard mangeait seule, puis c'était au tour de l'homme de bronze, un homme sombre, calme, au regard fuyant. Lorsqu'on lui parla de la grande caisse et de l'animal sauvage, son visage rayonna d'intelligence et elle déclara que Madame devait entretenir une véritable ménagerie là-derrière car, de temps en temps, l'homme ramenait un cochon, un chiot, un agneau, ou quelque autre animal. Et, bien que Minnie ne sut jamais ce qui leur était arrivé, il lui paraissait désormais clair qu'on les avait amenés à la ménagerie à un moment où elle n'y prêtait pas attention. Elle n'avait jamais entendu de bruits étranges provenir de l'aile, ni rugissements, ni grognements, sauf plusieurs fois les cris aigus d'un cochon. Cette dernière révélation était des plus étranges et intrigua les policiers.

Madame et l'homme de bronze étaient-ils particulièrement en bons termes ? Pas vraiment, remarqua Minnie. Leur relation n'était pas plus amicale que ne devait l'être une relation entre une dame et son *major domo*. Il semblait vivre dans la crainte de cette délicate petite femme, tout sombre et imposant qu'il fût. Lorsqu'ils parlaient, ils utilisaient un langage étrange et rude dont Minnie ne savait rien. Madame était très bonne avec Minnie, lui payait d'excellents gages et lui donnait de bons vêtements.

Un seul événement inquiétant s'était déroulé dans la maison. C'était une nuit, après que Minnie était allée se coucher. Incapable de s'endormir rapidement, elle s'était relevée et approchée de sa fenêtre qui, bien qu'éloignée de l'aile, surplombait en biais la fenêtre à barreaux de la ménagerie. Minnie fut extrêmement surprise de voir une lumière filtrer au travers, mais elle n'y prêta pas beaucoup attention, pensant que Madame rendait visite à ses animaux. Presque immédiatement, il y eut un cri terrifiant, le cri d'une femme en proie à la plus grande peur. Minnie se précipitait vers le passage pour découvrir l'origine de ce cri, quand elle vit l'homme courir vers elle. Il la repoussa violemment dans sa chambre et lui ordonna d'y rester. Immédiatement après, des cognements sourds et le bruit du bois qu'on écorche et qu'on arrache l'informèrent qu'il s'attaquait à la porte menant à l'aile. Après cela, il n'y eut plus qu'un silence de mort. Minnie resta étendue, éveillée pendant un long moment, mais ce n'est qu'au matin qu'elle apprit qu'un terrible accident était survenu à Madame. Plusieurs de ses os avaient été brisés et des chirurgiens l'avaient soignée pendant la nuit.

Rutan bondit sur ses pieds d'excitation.

— Quels os furent brisés ? demanda-t-il.

— Les deux bras au-dessus du coude, et quelques côtes, répondit la jeune fille.

— Comme à Anvers ! s'écria Rutan. Nous tenons notre affaire.

Le capitaine le regardait soucieusement.

Minnie s'en alla avec cinq grosses pièces d'or, plus d'argent qu'elle n'en avait jamais eu entre les mains, après avoir compris qu'elle aurait certaines choses à faire scrupuleusement et qu'elle aiderait ainsi la justice. Elle se rendit à son rendez-vous puis reprit son service avec une détermination qu'une certaine crainte ne suffisait pas à affaiblir.

Le capitaine appela Rutan quelques jours plus tard.

—Vous avez fait un travail extraordinairement brillant, et vous en aurez tout le mérite. Je ne voudrais pas que vous pensiez que je me montre chicaneur, mais je crains que vous n'agissiez avec précipitation. Il me semble en outre que votre théorie a une faiblesse fatale.

— Laquelle, monsieur ?

— L'élément masculin du complot. Supposons que vous vous trompiez en pensant qu'il est fou et maintenu captif dans la pièce aux barreaux. Si vous perquisitionnez la maison et que vous n'y trouviez qu'un léopard que l'on a nourri avec des cochons, vous serez la risée de tout le monde.

— Mais les bras et les côtes cassés, monsieur !

— Et si le léopard était un ours ?

— Mais le secret, et la porte du passage toujours verrouillée ?

Le capitaine resta silencieux et pensif.

— Rutan, dit-il, soyez prudent. Soyez très prudent. Je crois véritablement que ce rapport qui confirmait la mort de cet homme d'une maladie exotique à Singapour est exact. Les murs de la maison de South Park sont pleins de mystères et de dangers, et il me semble que dans votre enthousiasme vous les prenez un peu trop à la légère. Je pense qu'il est bel et bien mort, que quand vous fouillerez la maison vous ne le trouverez pas ; vous n'aurez alors aucune charge.

— Mais les bras et les côtes cassés, monsieur ! C'est exactement ce qui s'est produit sur leur trajet d'Anvers à la Mer Rouge.

— Certes. Nous savons qu'il était fort, l'était-il cependant assez pour faire ça ?

— Certainement. On dit que Charlemagne, lorsqu'il était pris d'épilepsie, pouvait redresser en même temps trois fers à cheval de ses mains.

— Mais les épileptiques n'attirent pas les gens dans leur maison pour les voler et les assassiner !

— Je me permettrais de vous répondre, monsieur, que dans le cas d'une forme de dérèglement appelée épilepsie larvée, c'est exactement le genre de chose qu'un homme pourrait faire.

Le capitaine haussa les épaules.

— Très bien, dit-il, l'affaire est entre vos mains. Mais vous venez de nous donner une raison supplémentaire d'agir avec la plus grande prudence. Quand vous serez prêt pour l'intervention, prévenez-moi et je vous fournirai tous les agents dont vous aurez besoin. Mais attention, Rutan, attention. C'est une chose de risquer sa propre vie, et c'en est une autre de risquer la vie des hommes placés sous ses ordres.

— Minnie, dit un soir Madame Ricard à la jeune fille assise en face d'elle dans le salon agréablement meublé, qui donnait sur le petit coin de pelouse où s'affrontaient, de temps à autres, moineaux et corbillards. Quelque chose d'étrange semble vous être arrivé ces derniers temps. Avez-vous quelque souci, mon enfant ? Si c'est le cas, considérez-moi comme votre amie. Je pourrais peut-être vous aider.

La délicatesse de ses mots n'était pas suffisante pour masquer le regard dur et pénétrant avec lequel elle fixait la jeune fille.

— Non, madame, répondit Minnie en rougissant, je n'ai aucun souci, je vous remercie beaucoup.

— Mais vous avez des amoureux, Minnie.

— Madame ! Une jeune fille...

— Il n'y a rien de plus juste et naturel, Minnie, mais les hommes sont sans scrupule. Ainsi vous ne trouveriez pas convenable qu'une jeune fille entretienne une relation très amicale avec un homme marié qu'elle ne connaît que depuis peu, n'est-ce pas ?

Comme elle posait la question, Madame Ricard s'était levée et se déplaçait dans la pièce avec la douceur d'un chat qui aurait senti la présence d'une souris.

— Oh, madame !

— Et ce jeune homme avec ses yeux perçants et ses mains agitées, comment s'appelle-t-il déjà ? Rattan ?

— Rutan...

C'est alors que Minnie se rendit compte que le nom lui avait échappé. Madame Ricard s'arrêta et lança sur la jeune fille effrayée un regard aussi froid qu'implacable; chacune des courbes de cette petite, délicate, sinueuse silhouette suggérait l'avertissement et la menace. Minnie était pétrifiée et effrayée. Comment Madame avait-elle pu apprendre qu'elle avait été fréquemment en conversation avec Rutan, ces derniers temps ? Le silencieux mais terrible homme de bronze l'avait-il surveillée ? Minnie s'assit, désespérée, car il était prévu dans le plan que, ce soir-là, elle devrait occuper Madame Ricard pendant que Rutan et ses hommes feraient quelques investigations. Quant à l'homme de bronze, on l'avait intercepté discrètement et amené à l'Hôtel de Ville sans que sa maîtresse ne s'en aperçoive. Mais à cette heure, il aurait normalement dû être à la maison, Madame Ricard risquait d'être alertée; et elle était là, pauvre Minnie, avec son histoire toute prête, ayant pour mission d'occuper une femme dangereuse et supérieure dont les soupçons avaient sans doute été éveillés ! Si Minnie réussissait, elle gagnerait 500 dollars or. Mais elle avait maintenant oublié l'histoire que Rutan lui avait si soigneusement apprise, elle ne s'en rappelait pas un mot ! Assise, pâle et le souffle coupé, sentant que tout dépendait d'elle et que chaque instant comptait, elle eut l'heureuse inspiration de saisir l'indice que Madame Ricard lui avait donné.

— Vous dites qu'il est marié, madame. Vous en êtes sûre ?

— Rutan ? Mais pauvre idiote, c'est un policier !

— Un policier ! répéta Minnie.

— Oui. Et marié.

— Oh madame, ce n'est pas possible ! Laissez-moi vous raconter... j'aurai besoin de votre aide...

Et Minnie, sordidement inspirée, inventa une longue et obscure histoire dont Rutan était le héros et elle la pauvre vierge innocente et blessée, une histoire longue et obscure que Madame Ricard avait écoutée passivement, pendant un temps interminable, en arpentant la pièce. Mais elle la coupa soudain avec un mouvement d'inquiétude qui fit bondir le cœur de Minnie.

— Qu'est-ce que c'était ? cria Madame Ricard.

— Comme je vous le disais, madame...

— Taisez-vous ! Vous n'avez rien entendu ?

— Si, madame. Mais c'est un homme si aimable et si...

La petite femme se jeta sur la jeune fille avec une fureur sans limite, la projeta violemment au sol, et sortit en toute hâte de la pièce, lui criant :

— Ainsi donc, tu fais partie du complot !

Madame Ricard referma la porte derrière elle, mais ne prit pas le temps de la verrouiller. Elle se précipita vers le passage et ouvrit la porte menant à l'aile où se trouvait la pièce grillagée ; Minnie se retrouva seule dans le silence. Quelques instants après, la jeune fille entendit des cris affreux provenant de cette partie de la maison. Sachant que Rutan et ses hommes projetaient d'approcher la ménagerie par derrière et de pénétrer dans la cellule par le toit, mais craignant qu'ils ne rencontrent Madame Ricard avant d'avoir pu faire les découvertes qu'ils espéraient, Minnie se précipita à la suite de sa maîtresse. Elle trouva la porte du passage ouverte, et se glissa à l'intérieur, guidée par les cris de terreur qu'elle avait entendus.

Elle avançait désormais dans un endroit étrange, plongé dans une obscurité totale. Transie de peur, elle tâtonna le long du passage. Elle n'avait fait qu'un pas ou deux quand des sons lui parvinrent qui insinuèrent l'effroi jusqu'aux derniers recoins de son âme. Les cris de Madame Ricard avaient été remplacés par des halètements rauques et pénibles, comme provenant d'un de ces corps dont la vie a été broyée. Au même instant, elle entendit le piétinement des agents dans le passage et la voix ferme mais étouffée de Rutan.

— Allume la lampe, imbécile ! Donne-la moi. Et voilà ! Tu l'as laissée s'éteindre. J'ai une allumette. C'est bon ! Où est-elle ? Elle a ouvert la porte et elle m'a filé entre les doigts. J'ai essayé de la retenir, mais c'était froid et glissant ! Mon Dieu ! Les voilà, dans le passage ! Venez !

C'est alors que Minnie, au bord de l'évanouissement, entrevit un spectacle atroce. Madame Ricard râlait à l'agonie, les yeux tournés vers le plafond tandis que Rutan et ses hommes s'approchaient et éclairaient son visage de la lumière de leurs lanternes. Puis elle vit l'inspecteur, malgré tout son courage, se tasser contre le mur tandis que ses hommes tremblaient misérablement face à un danger terrible, inattendu. Et leur attitude était loin d'être injustifiée. Madame Ricard, en ouvrant précautionneusement la cellule, avait découvert que Rutan et ses hommes s'étaient laissés glisser par un trou percé à travers le toit et le plafond. Jusque là, tout n'était qu'obscurité dans la pièce, hormis la faible tache de ciel nocturne visible à travers l'ouverture. Madame Ricard avait pris la résolution désespérée de déplacer son occupant vers une autre cachette. Ne connaissant que trop bien les dangers immenses que présenterait la découverte imminente de son secret, elle avait ouvert délicatement la porte, tiré seule sa charge vers le couloir et refermé à double tour sur les hommes restés à l'intérieur. A la lueur d'une allumette, Rutan avait découvert le piège dans lequel ils étaient tombés. Il leur fallut quelques instants pour venir à bout de la porte. Comme ils la forçaient, parvinrent à leurs oreilles les effrayants cris étouffés qui avaient tant inquiété Minnie. C'est alors que Rutan avait demandé à son second de lui donner de la lumière.

Le mystère de la piste macabre qui menait d'Anvers à la Mer Rouge était résolu. Bien que son mari fut mort de fièvres à Singapour, Madame Ricard était restée prisonnière de l'étrange fascination qu'exerçait l'agent fatal de leurs crimes mystérieux, et elle avait fini par en être la victime. Elle était étendue, bras et poitrine broyés, morte au milieu des anneaux d'un énorme python. Alors le prodigieux serpent, se mouvant avec la facilité d'un ver, commença doucement à relâcher son étreinte, ses yeux luisants fixés sur l'éblouissant disque de lumière qui vacillait dans la main de Rutan.

LA FEMME DANS LA PIÈCE DU FOND

Rappelé d'urgence à l'hôpital, le Docteur Osborne y découvrit un beau jeune homme, élégant, qui avait un vilain trou dans la tête, environ un pouce et demi au-dessus de l'oreille gauche. Le blessé ne souffrait manifestement pas, mais son visage livide prouvait que son état était désespéré. Il avait l'air calme, impassible, et son expression était absolument dénuée d'intelligence. Pourtant il était parfaitement en vie : son cœur battait correctement, sa respiration était régulière, sa température normale, sa peau tiède et humide. Le Dr Osborne entreprit de nettoyer la plaie.

— Comment ce gamin s'est-il fait ça ? demanda-t-il aux policiers qui se tenaient à côté du blessé.

Personne ne put lui répondre. Quelques minutes plus tôt, quelqu'un l'avait trouvé titubant dans la rue, s'appuyant aux murs pour ne pas tomber, un léger filet de sang lui coulant le long du visage, et l'avait conduit à un agent de police.

Le Dr Osborne regarda la blessure de plus près. Il essaya de glisser un doigt à l'intérieur, mais il n'y parvint pas. Il regarda les hommes autour de lui et leur demanda de lui montrer leurs mains.

— Non, dit-il après les avoir examinées, vos doigts sont trop gros. Farley, allez chercher ma fille, elle est restée dans ma voiture devant la porte.

Avant qu'on ne la ramenât, il demanda encore :

— Vous savez qui c'est ?

Personne ne pouvait l'informer. On n'avait pas trouvé sur lui le moindre papier qui aurait permis de l'identifier.

La fille du chirurgien entra. C'était une jeune fille séduisante, mince et assez grande, aux yeux et aux cheveux bruns, qui possédait une grâce inconsciente et délicieuse. Apercevant l'homme étendu sur la table d'opération, elle s'arrêta aussitôt, impressionnée, et pâlit. Avec des gestes rassurants, son père la prit par le bras et l'attira vers le blessé.

— Ne t'inquiète pas, Agnès. J'ai souvent mis ton courage à l'épreuve et je ne l'ai jamais vu te faire défaut. Donne-moi ta main.

Il la prit et l'examina avec attention.

— Exactement ce dont j'ai besoin, des doigts longs et fins. Tu as de jolies mains, Agnès.

Ce compliment l'embarrassa, mais elle se rasséréna vite.

— Maintenant, mon enfant, j'ai besoin de connaître la nature de la blessure de ce jeune homme. Approche-toi, ma chérie. Il n'entend rien de ce qui se passe. L'as-tu déjà vu ?

— Non, répondit la jeune fille en s'avançant et en regardant plus attentivement son visage, mais il semble être riche et d'un bon milieu.

— Oui, cela me semble clair. Mais rapproche-toi encore, Agnès. Voilà, parfait ! Tu vois, c'est un tout petit trou, c'est sans doute une des raisons pour lesquelles il est encore en vie. Mais le crâne est perforé, et cela en fait un cas très délicat. Il est indispensable que je sache ce qui a causé cette blessure pour savoir comment la soigner, et le moyen le plus rapide c'est de la laisser raconter son histoire. Mes doigts sont trop larges, je ne peux rien faire, mais les tiens sont parfaitement adaptés.

— Mes doigts ? Que voulez-vous que je fasse, père ?

— Je veux que tu glisses un doigt dans la plaie, que tu en examines attentivement les bords, et que tu me dises ce que tu sens.

La jeune fille hésita.

— Mais... pourquoi ?

— Comme ça je saurai ce qui a fait ça. Si le trou est rond avec des bords relativement propres, c'est une balle, et dans ce cas il n'y a aucune chance raisonnable de guérison. Si par contre, il est en forme de triangle, ou plus généralement si c'est un polygone, ou encore si les bords sont très irréguliers, c'est quelque chose d'autre qui a fait ce trou, un stylet ou je ne sais quoi, et dans ce cas on aura une petite chance de lui sauver la vie. En outre, cette information sera très précieuse aux policiers dans leur enquête sur ce qui semble être un crime bien mystérieux. C'est quelque chose que tu peux faire, n'est-ce pas ?

— Je vais essayer.

En suivant les instructions de son père, avec quelques réticences malgré tout, elle se plaça derrière le jeune homme, sa tête près de la sienne, et glissa dans la blessure le long et mince index de sa main gauche. Ses yeux rencontrèrent le regard vide du blessé, et scrutant son visage, très lentement, très minutieusement elle examina les rebords de l'ouverture. Puis elle retira son doigt.

— C'est lisse et rond, conclut-elle.

— Ah ! s'exclama son père, alors il n'y a aucun espoir. Pauvre garçon ! Mais allons un peu plus loin. Agnès, ma chérie, tu as été très courageuse, comme j'en étais persuadé, mais maintenant j'aimerais que tu remettes ton doigt et que tu l'enfonces très doucement, avec autant de précautions que possible, aussi loin que tu le pourras. La balle n'est peut-être pas entrée très profondément.

La jeune fille, le regard à nouveau rivé sur ce visage calme, reposé, au sourire figé et au regard éteint, explora la blessure avec son doigt. Ses gestes étaient sûrs et délicats, mais lorsque son doigt rencontra la masse tiède et doucement palpitante du cerveau, ses nerfs se tendirent. Elle regardait toujours le jeune et beau visage du garçon, mais elle avait pâli. Tout à coup, pour une raison complètement inexplicable, l'air abêti et le sourire idiot du blessé disparurent et furent remplacés par une expression d'une certaine intelligence. Le chirurgien s'en aperçut, et cela lui sembla extrêmement important. Au même instant, un étrange regard passa dans les yeux de sa fille. Elle avait commencé à vaciller et semblait proche de l'évanouissement, puis elle s'était brutalement reprise, comme si elle avait subi une stimulation nerveuse particulièrement violente. Le jeune homme avait levé les yeux vers elle avec un vague intérêt; et elle le regardait, par au-dessus, avec crainte et répulsion. C'est alors qu'elle retira son doigt et recula pour sortir de son champ de vision. Le regard du jeune homme se voila aussitôt et redevint terne comme auparavant. La jeune fille, sans s'adresser à qui que ce soit en particulier, dit alors avec nervosité:

— Vous devriez courir à la banque et prévenir son père.

— Quelle banque? demanda son père interloqué.

— La Citizens' Bank.

— Et qui est son père?

— M. Blanchard, le directeur de la banque. Ce blessé est son fils Charles.

Le médecin regarda sa fille avec stupéfaction, mais se retint de lui poser la moindre question, il fit seulement une remarque:

— Tu avais pourtant dit que tu ne le connaissais pas.

La jeune fille parut mal à l'aise, mais ne répondit pas.

Le chirurgien envoya l'un des policiers à la banque. Puis son attention se porta de nouveau sur son patient, et comme sa fille n'avait pas fait un examen aussi complet qu'il l'aurait souhaité, il lui demanda si elle se sentait assez forte pour recommencer. Elle accepta, non sans hésitation. De nouveau elle fut prise de nausées et d'un accès de faiblesse au fur et à mesure que son doigt avançait à l'intérieur de la blessure et, de nouveau, le visage du blessé s'illumina. Il regarda la jeune fille comme s'il la reconnaissait, et d'une voix pâteuse et mal articulée, il lui dit :

— Ainsi, Agnès, c'est vous ? *Vous* êtes celle... Voyez le résultat de la jalousie. Voilà ce que j'ai gagné à être son ami.

— M'en voulez-vous, Charles ?

— Pourquoi devrais-je vous en vouloir ? Il est trop tard pour cela maintenant, répondit le blessé.

— Frank est au courant ? demanda Agnès

— Non. Elle est sans doute folle amoureuse de lui.

— Et vous ne la connaissez pas ?

— Pas le moins du monde. Je ne l'ai jamais vue. Je pense qu'il la cachait, et qu'il la protégera, soupira-t-il.

— Je le croyais pourtant sincère, et homme de parole...

— Elle doit avoir un pouvoir quelconque sur lui.

— Si c'était le cas, alors il ne me tromperait pas ? dit la jeune fille avec espoir.

— Qui peut savoir ?...

La première excitation qui avait dissipé le malaise de la jeune fille perdait maintenant de son intensité. Elle retira son doigt. Toutes les couleurs de son visage s'évanouirent et elle eut l'air épouvanté. Quant au jeune homme, il retomba dans son état léthargique.

— Agnès, s'enquit son père en se précipitant, que se passe-t-il ? Tu ne te sens pas bien ?

— Je... Je ne sais pas, père.

Elle tremblait, comme au bord de l'évanouissement.

— De quoi parliez-vous ?

Elle était trop faible pour répondre, mais son père prit son silence pour une hésitation.

— Viens prendre l'air, mon enfant. Cette tâche répugnante et les divagations de ce mourant ont pesé trop lourd sur tes nerfs. Viens, ma fille.

Il prononça ces mots apaisants, mais une grande crainte l'avait envahi. Dès qu'ils furent sortis, il la pressa de questions, son inquiétude expliquait une certaine dureté dans ses propos :

— Qu'est-ce que tout cela veut dire ? Que sais-tu à propos du coup de feu qui a atteint ce garçon ?

La voix de la fille s'étrangla dans un hoquet et, avec un tressaillement, elle glissa des bras de son père et tomba inconsciente sur le sol avant qu'il ait pu la rattraper. Il la releva, la transporta dans sa voiture et la conduisit rapidement chez eux.

Quand elle reprit conscience, elle vit que sa mère, inquiète, la veillait. Son père était retourné auprès du blessé. Madame Osborne avait été informée par son mari des événements étranges qui s'étaient déroulés à l'hôpital, et elle en était troublée. Mais par délicatesse et discrétion, elle ne posa aucune question, persuadée que l'étroite compréhension mutuelle qu'elle partageait avec sa fille lui permettrait d'obtenir tôt ou tard une explication. Elle fut par conséquent déçue qu'à son réveil Agnès ne lui dise rien d'important. Pire, elle se plaignit d'une terrible migraine et demanda à être laissée seule pour pouvoir dormir. Madame Osborne se retira, mais à peine était-elle partie que la jeune fille entreprit de sortir de la maison sans être vue. Elle y parvint sans difficulté, et quelques minutes plus tard elle se trouvait dans le bureau d'un jeune médecin du nom de Frank Armour.

L'apparence de ce jeune homme était assez particulière. Il était grand, élancé et pâle, sans doute épuisé par ses longues études, mais aussi rongé par quelque souci plus récent. Son cabinet occupait deux pièces, un bureau, puis au fond une salle d'examen. Agnès le trouva assis dans la première, la porte qui conduisait à l'autre était fermée. Le visage du médecin s'illumina lorsqu'il la vit entrer.

— Agnès ! s'exclama-t-il. Je suis si heureux de vous voir. Tous ces problèmes qui m'écrasent disparaissent dès qu'apparaît votre doux visage. Mais vous aviez dit l'autre jour que vous ne viendriez plus ici, par crainte de ce que pourraient en dire les gens... comme si cela changeait quelque chose, puisque nous devons bientôt nous marier !

Son attitude était si aimable, preuve manifeste d'une sincère affection, que les soupçons de la jeune fille perdirent beaucoup de leur force. Mais elle était venue s'assurer de ses sentiments, et les mystères que recelaient le discours du blessé devaient être éclaircis.

— Frank, demanda-t-elle, avez-vous vu votre ami Charles Blanchard aujourd'hui ?

— Non. Je ne l'ai pas vu depuis hier soir. Il m'a d'ailleurs à nouveau grondé pour ne pas l'avoir encore emmené chez vous et vous l'avoir présenté. Vraiment, Agnès, vous n'avez aucune raison de différer sans cesse cette rencontre. C'est un garçon charmant et je suis sûr que vous l'apprécierez.

— Nous parlerons de cela une autre fois, Frank. Il y autre chose que je voudrais vous demander. Êtes-vous sûr de m'aimer et de n'aimer que moi ?

— J'en suis absolument certain, Agnès, et je ne vois aucune raison pour que vous en doutiez.

— Je sais que vous ne sortez jamais, et vous m'avez bien dit que vous ne regardiez personne d'autre que moi.

— C'est la vérité, Agnès, mais véritablement je ne vous comprends pas. Vous êtes pâle et vous avez l'air malade. Quelque chose s'est produit qui vous perturbe et vous vous défiez soudain de moi.

Devait-elle lui parler de la blessure fatale de son meilleur ami ? Ne devait-elle pas auparavant essayer d'obtenir une explication à propos des étranges révélations de ce dernier ? Le fait que ce soit Charles qui lui ait fourni ces informations sur son fiancé — si l'on pouvait parler d'informations pour ces quelques phrases obscures — la troublait grandement. Il avait semé la défiance dans son esprit, et c'était pire qu'un poison.

— Frank, répondit-elle, incapable de le laisser plus longtemps dans l'ignorance de l'état de son ami, Charles Blanchard est gravement blessé et je suis venue vous en informer.

— Gravement blessé, répéta Armour alarmé. Mais quand et comment ?

— On l'a trouvé il y a moins de deux heures, et on l'a amené à l'hôpital où mon père s'occupe actuellement de lui.

Le jeune médecin se leva, il paraissait très nerveux et agité.

— Comment a-t-il été blessé, Agnès ? Dites-moi tout.

— On ne sait rien, excepté qu'on l'a trouvé titubant dans la rue avec une blessure par balle à la tête.

Armour était livide, et ses jambes le soutenaient à peine.

— Le coup ne l'a pas tué?
— Non, mais il est inconscient.
— C'est normal...
— La balle devait être petite.
— Sans doute... Sans doute... gémissait l'homme effondré. Je dois le voir immédiatement.

Il prit son chapeau et s'apprêta à partir, s'attendant à ce qu'elle quitte la pièce avec lui. Mais au contraire elle s'assit et dit:

— Je vous attendrai ici jusqu'à votre retour, si vous me promettez de revenir vite.

La contrariété et l'embarras d'Armour étaient évidents. Il jeta un rapide coup d'œil à la porte de la pièce voisine, et se dirigea finalement vers elle. Il actionna précautionneusement la poignée. La porte était fermée. Il fit mine de chercher la clé dans sa poche, mais toute son attitude était si empruntée que la jeune fille, attentive, le remarqua.

— Agnès, dit-il en se tournant vers elle avec un air quelque peu impatient, je ne rentrerai certainement pas avant longtemps, et ce ne serait pas raisonnable de ma part de vous demander de m'attendre.

— Néanmoins, répondit-elle d'une voix ferme en le regardant droit dans les yeux, je crois que je vais demeurer ici et vous attendre. Si vous restez sorti longtemps, je tirerai le loquet et ainsi la porte sera fermée quand je partirai.

Une inquiétude manifeste s'empara du jeune

médecin et Agnès s'en aperçut. Il était à la fois impatient de rejoindre son ami blessé, et peu disposé à la laisser dans son bureau. Elle reprit la parole :

— Et puis, je suis très fatiguée, Frank. Je crois que je vais aller dans l'autre pièce où je pourrai m'étendre.

Elle alla vers la porte, comme si elle n'avait pas vu qu'elle était fermée à clé, et essaya de l'ouvrir.

— Tiens, c'est fermé !

L'embarras d'Armour avait crû jusqu'à devenir une véritable souffrance.

— Oui... balbutia-t-il.

— Y a-t-il quelqu'un à l'intérieur ?

— Agnès...

— Eh bien ?

— Vous vous comportez aujourd'hui de bien étrange façon.

— Moi ? fit-elle pleine d'étonnement. Je ne comprends pas ce que vous voulez dire, Frank.

Elle se dirigea droit vers lui et, posant les mains sur ses épaules, elle lui dit avec tendresse et dignité :

— Je vous demande seulement s'il y a quelqu'un dans cette pièce, et vous vous emportez. Soyons honnêtes l'un avec l'autre, Frank : qu'est-ce que cela signifie ?

— J'ai un patient dans cette pièce et...

Il fut interrompu par un faible gémissement de femme provenant de la salle d'examen. Il rougit d'abord, puis blêmit, et pendant ces quelques instants le regard pénétrant de la fille du chirurgien ne l'avait pas quitté. Se sentant profondément humiliée, elle enleva ses mains des épaules du jeune homme, et avec une tristesse froide qu'il ne lui avait jamais connue, elle dit simplement :

— Je ne crois pas que ce soit une pratique courante, pour les médecins, d'enfermer leurs patients, mais si j'ai été indiscrète, je vous prie de m'excuser. Je ne vous dérangerai pas plus longtemps. Adieu, Frank.

Elle tendit une main qu'il saisit avidement, mais elle la retira aussitôt et sortit. Il la suivit dans le couloir.

— Agnès, vous ne me soupçonnez pas de...

Mais elle dévalait les escaliers si rapidement qu'il n'eut pas le temps de finir sa phrase.

La jeune fille fendait la foule à une telle allure que les gens se retournaient sur son passage, intrigués. Ses yeux étaient baignés de larmes, son visage avait perdu ses couleurs juvéniles et elle se mordait violemment les lèvres.

— Je n'aurais jamais cru ça de lui, se répétait-elle. Jamais, jamais, jamais ! Oh, j'en mourrai, j'en mourrai !

Elle rentra chez elle aussi discrètement qu'elle en était sortie, s'abattit épuisée sur son lit, et se mit à pleurer, le cœur brisé.

La police avait méthodiquement commencé son enquête. M. Blanchard, le père du blessé, était arrivé à l'hôpital plein d'inquiétude et de chagrin. Il signala que le Dr Armour était le seul ami intime de son fils. Et précisa qu'il était incapable d'imaginer le moindre motif à cet acte qui, en toute certitude, n'avait pas été commis par une main suicidaire. Les policiers lui répétèrent tout ce qu'ils avaient pu retenir de la conversation obscure et décousue entre son fils et Agnès Osborne, et ce compte-rendu l'intrigua douloureusement. Quel lien mystérieux unissait son fils à cette jeune fille ? Elle avait nié le connaître, et pourtant, c'était elle qui l'avait identifié. Quand et comment avait-il pu être son ami, tout en ne la connaissant pas ? Pourquoi était-elle inquiète qu'il puisse lui reprocher ce qui allait lui coûter la vie ? Pourquoi avait-elle souhaité savoir si Frank Armour était au courant de cette tragédie ? Qui donc était si follement amoureuse du jeune médecin, et quel rapport cela pouvait-il avoir avec le coup de feu ? Quelle était cette femme qu'ils avaient évoquée dans leur conversation ? Pourquoi Frank Armour devait-il la cacher ? Quel était ce sentiment de jalousie qui avait conduit à ce geste fatal et désespéré ?

M. Blanchard n'était pas le seul à chercher à éclairer les ténèbres qui voilaient cette étrange et triste affaire. Une jeune fille au cœur brisé, qui sanglotait, se tournait et se retournait sur son lit, ne cessait de se poser les mêmes questions, ou du moins certaines d'entre elles. Des policiers les envisageaient, avec tout le soin et la précision de chasseurs rompus à la traque du crime. Quant au Dr Osborne, ce cas était encore bien plus délicat pour lui que pour les enquêteurs. Ceux-ci n'avaient en effet pas conscience que la reprise de connaissance temporaire du jeune homme ne pouvait s'expliquer de façon ordinaire; ils ne mesuraient donc pas la véritable valeur de cet événement. Le Dr Osborne conclut qu'une blessure de cette nature devait forcément provoquer des désordres au niveau des fonctions cérébrales, et se traduire par un état d'inconscience. Cela avait bien été le cas jusqu'à ce que sa fille insère profondément son doigt dans la plaie. Le visage du blessé s'était alors aussitôt éclairé et il était passé dans un état proche du réveil. Le Dr Osborne était trop avisé, il connaissait trop bien l'inimaginable variété des réactions d'un cerveau perturbé pour affirmer que la capacité du jeune Blanchard à parler et à suivre, apparemment, une conversation, était une preuve irréfutable de conscience. Mais ce cas était unique, rien dans ses livres ni dans son expérience ne s'en approchait. Le problème était le suivant: sa fille avait manifesté de l'appréhension en voyant le blessé, mais elle s'était reprise. Son comportement, à cet instant précis, pouvait se comprendre comme une répulsion naturelle surmontée grâce à sa volonté. Jusque-là, tout était clair.

Quand elle avait posé son doigt sur les rebords de la blessure, il n'y avait eu aucun signe particulier: ni révélation pour elle, ni retour à la conscience du blessé. Ce n'est que quand elle eut poussé son doigt jusqu'au cerveau que ces deux faits se produisirent. Le chirurgien trouvait cette coïncidence tout à fait étrange. Non seulement le jeune homme avait en apparence repris connaissance, mais Charles et Agnès, que l'on supposait de parfaits étrangers, s'étaient reconnus, et mieux encore, paraissaient partager quelque connaissance mal définie du crime. Tout cela plongea le Dr Osborne dans une grande perplexité. Mais son inquiétude l'emportait sur les extraordinaires aspects scientifiques de l'affaire. Sa fille s'était engagée, avec son assentiment, à épouser le Dr Armour, mais les propos du mourant avaient éclairé le jeune médecin d'un jour étrange. Prolonger ses réflexions ne pourrait qu'aggraver ses tourments, le père décida donc d'interroger sa fille, comptant sur l'étroitesse de leurs liens pour qu'elle lui révèle toute la vérité. Mais il dut repousser cet entretien car M. Blanchard avait décidé de ramener son fils chez lui et avait sollicité son aide.

Le chirurgien ayant fait tout ce qui était en son pouvoir, il se retira et rentra chez lui à la recherche de sa fille. Celle-ci était introuvable. Après être quasiment morte de chagrin à son retour du cabinet d'Armour, elle s'était levée et avait repris le contrôle d'elle-même. Elle s'était rendue compte qu'elle avait été traitée honteusement par l'homme qu'elle aimait le plus au monde. Et, rapidement, son chagrin devint honte, et sa honte, colère. Elle n'avait pas encore conçu le plan qui provoquerait la souffrance et la ruine de son fiancé, mais elle avait les moyens de jouer un vilain tour à cette étrange femme qui s'était dressée entre eux. Voilà la première chose dont il fallait qu'elle s'occupe. Elle se rafraîchit le visage, se fit élégante, et se rendit sur le champ chez le chef de la police.

Le fonctionnaire fut infiniment surpris de la voir entrer dans son bureau. On lui avait fait un rapport détaillé de la scène de l'hôpital, et de la voir là si jolie, si pimpante et si sûre d'elle, le plongea dans la plus profonde perplexité. Pour dire toute la vérité, certaines idées vinrent au Chef Holloway qui auraient fait rougir Mademoiselle Agnès si elle les avait connues.

Elle prit la parole :

— M. Holloway, je suis venue vous demander si vous avez découvert quelque chose au sujet du crime dont M. Blanchard a été la victime.

L'officier, quelque peu stupéfait par ses manières directes, essaya tant bien que mal de se justifier par un discours dans lequel il présentait la discrétion comme un devoir.

— Mais c'est une étrange démarche de votre part, Mademoiselle Osborne, étant donné que vous-même êtes supposée en savoir long sur cette affaire.

L'audace et la brutalité de la remarque eurent un effet incontestable, car la jeune fille n'imaginait pas que ses propos avec le jeune Blanchard aient pu être rapportés et qu'on puisse soupçonner ce qu'elle savait. Abasourdie, elle répondit vivement :

— Qu'est-ce qui vous fait penser cela ?

Sûr de son ascendant, le chef se savait désormais maître de la situation.

— Votre conversation avec le jeune Blanchard nous prouve que vous étiez tous les deux au courant. Et après l'avoir quitté, vous avez rendu visite au Dr Armour, qui nous semble assez vilainement impliqué dans toute cette affaire.

Ce fut comme si un ouragan s'abattait sur la jeune fille apeurée.

— Et maintenant, reprit Holloway, bien que vous affirmiez être venue pour poser des questions, je crois que votre véritable but était de nous donner des renseignements. Et je serai ravi de les entendre.

Agnès retint son souffle.

— Comment pourrais-je savoir quoi que ce soit ? se défendit-elle, M. Blanchard a parlé de façon si incompréhensible...

Elle comprenait maintenant combien sa situation était périlleuse, et sa précipitation soulignait son manque de sang-froid.

— Mais pas aussi évasive que vous l'êtes en ce moment.

— Évasive ? Vraiment, monsieur...

— Il n'est plus temps de finasser, l'interrompit sèchement l'officier. Je suis certain que vous comprenez dans quelle position délicate vous vous trouvez. Si ce que vous savez est susceptible de vous mettre en péril, je peux très bien comprendre vos réticences...

La jeune fille accusa le coup, mais elle se reprit assez pour adresser cette remarque :

— J'ai l'impression que vous suspectez le Dr Armour de détenir des informations capitales sur cette histoire. Mais si vous envisagez de l'accuser du meurtre, je peux vous dire que vous êtes entièrement dans l'erreur.

— Vous prenez bien des précautions pour ne pas nier qu'il a connaissance de faits importants. Pourquoi ne dites-vous pas ouvertement qu'Armour et vous savez qui a tiré, et que, peut-être par prudence, vous faites tout pour cacher ce que vous savez et protéger le criminel ?

La question, directe, brutale, indigna la jeune fille qui, le visage écarlate et des éclairs dans les yeux, dit sur un air de défi :

— Venez avec moi et je vous montrerai le meurtrier.

Holloway, qui n'en espérait pas tant, suivit la jeune fille. Une fois dans la rue, elle lui expliqua qu'il faudrait d'abord voir le Dr Armour et que celui-ci était probablement chez les Blanchard.

Ils y trouvèrent à la fois le Dr Armour et le Dr Osborne. Les deux médecins — le père et le fiancé — furent absolument stupéfaits de voir entrer Agnès suivie du chef de la police. La jeune fille se sentait si coupable qu'elle n'osait pas regarder Armour en face. Elle comprit qu'une jalousie incontrôlable l'avait lancée sur une voie dangereuse et désespérée dont elle ne connaissait pas l'issue. Mais son fiancé méritait-il d'être épargné ? Ne l'avait-il pas honteusement trompée ? Dès qu'il vit sa fiancée, le jeune homme eut l'impression qu'une haute barrière s'était dressée entre eux deux. Il n'avait plus rien à lui dire.

Holloway sentit immédiatement la gêne qu'il y avait entre les deux jeunes gens.

— Agnès, lui dit son père en lui prenant la main et en la regardant avec inquiétude, où étais-tu passée ?

— Je suis allée voir M. Holloway.

— Dans quel but ?

— Pour savoir s'il avait découvert quelque chose.

Comprenant que ce n'était pas le moment de trop insister, son père ne lui posa pas d'autre question. Un silence gêné se fit dans la pièce. Ce fut le policier qui le rompit en demandant que, pour les besoins de la justice, Mademoiselle Osborne répète l'expérience de l'insertion du doigt dans la blessure. Avec une promptitude surprenante, les deux médecins s'y opposèrent, arguant que la blessure avait été pansée, que le blessé n'était plus dans les mêmes conditions qu'après le choc et qu'une telle expérience pourrait avoir des conséquences fatales. Holloway eut un curieux sourire, et ajouta en regardant Armour :

— Je ne m'attendais pas vraiment à ce que *vous*, vous y consentiez.

Cette attaque piqua au vif le jeune homme, et le

regard qu'il lança à Agnès trahit ses soupçons sur son entente avec le policier.

— Bien entendu, je ne veux surtout pas accroître le péril que court ce jeune homme, ajouta Holloway, mais les résultats de cette expérience m'ont paru si importants que j'aurais souhaité la reproduire dans la mesure du possible. Néanmoins, je ne pense pas que cela soit vraiment nécessaire. Dès que j'ai eu tous les détails la concernant, je les ai communiqués à l'un des plus éminents médecins de cette ville. Je lui ai demandé de me donner son avis par écrit. Pour plusieurs raisons que vous comprendrez plus tard, il me semble que c'est le bon moment pour vous informer de cette démarche.

Le policier sortit alors plusieurs feuillets qu'il lut à haute voix. En voici seulement un court extrait :

En tenant compte des nombreuses possibilités de tromperie dont disposait la jeune fille, et en admettant que vous-même ayez pu commettre des erreurs, toute cette affaire me semble absurde et ne mérite pas qu'on s'y arrête sérieusement. Nous ne l'envisagerons donc pas comme un fait, mais comme une pure hypothèse. (Ici l'hypothèse était présentée en accord avec les faits tels qu'ils ont été rapportés, puis venait l'explication suivante). *La balle était petite et donc le choc initial faible, par conséquent, la matière cérébrale n'a été que peu endommagée. L'inconscience constatée a été causée par les dommages subis par le réseau de nerfs qui parcourt le cerveau, et par la cassure d'innombrables chaînes cellulaires sur le trajet de la balle. Cette rupture de la continuité de la texture cérébrale a altéré la coordination entre les fonctions de l'esprit, qui s'est ainsi trouvé complètement désorganisé.*

Si maintenant on avait trouvé un moyen de relier les extrémités déchirées des tissus de sorte qu'ils puissent à nouveau assurer leur fonction, à savoir la transmission de l'activité cérébrale, on aurait eu une maigre possibilité de retour à l'état conscient. C'est ce que, de façon tout à fait extraordinaire, la jeune fille pourrait avoir accompli en enfonçant son doigt dans le cerveau. Mais pour que cela ait pu se produire, il aurait fallu un enchaînement absolument invraisemblable de circonstances.

Le grand nombre de nerfs qu'il contient font du doigt un organe sensitif. Ces nerfs, que l'on appelle périphériques, aboutissent sous la peau, à travers laquelle les sensations sont aisément perçues. Sur l'intégralité de la surface de la blessure, les terminaisons nerveuses du doigt se sont ainsi trouvées quasiment en contact avec les nerfs endommagés du cerveau et d'un point de vue mécanique, les conditions de la continuité nerveuse auraient alors pu être rétablies. Le blessé aurait alors pu reprendre conscience.

Mais il est évident que la transmission moléculaire n'a pu se produire uniquement au travers du doigt. C'est impossible pour la bonne raison que les nerfs ne traversent pas le doigt de part en part. Si nous devions suivre l'un de ces nerfs depuis le doigt, nous emprunterions le bras pour aboutir au cerveau. Lorsqu'elles y parviennent, les sensa-

tions sont assimilées et confrontées les unes aux autres : c'est ce que l'on appelle la coordination. Le cerveau décide alors de l'action à mener et commande aux nerfs efférents, ou sortants, d'actionner les muscles en ce sens. Il est clair, par conséquent, qu'une fois la continuité cérébrale du jeune homme rétablie, ses sensations auraient été transmises au système nerveux de la jeune fille. En d'autres termes, aucune sensation n'aurait pu passer dans le cerveau de l'un sans passer dans celui de l'autre. Leurs deux cerveaux se seraient en fait largement comportés comme un seul, et les pensées actives de l'un auraient été connues de l'autre. En poursuivant ce raisonnement, on pourrait expliquer pourquoi ces deux personnes, bien que ne se connaissant pas, ont pu se reconnaître en ayant accès à l'identité l'une de l'autre. De même, nous pouvons inférer que la jeune femme en saurait autant sur le tireur que la victime elle-même.

On peut difficilement imaginer l'effet que produisit cette extraordinaire communication. Il sembla au Dr Osborne qu'on lui ôtait des épaules un poids énorme. Mais pourquoi sa fille n'avait-elle pas été sincère avec lui ? Maintenant qu'il était avéré qu'on ne pouvait légitimement la soupçonner d'être liée au crime, pourquoi avait-elle eu cet inexplicable comportement ?

Les pensées d'Armour avaient pris un tour bien différent. Sa pâleur s'était accrue jusqu'à devenir inquiétante, et il paraissait proche du malaise. La détresse du jeune homme était si douloureusement visible qu'Agnès eut un terrible pressentiment.

Mais ce discours révélait surtout implicitement que la jeune fille possédait la plupart des réponses, et les trois hommes, avec des sentiments divers, la regardaient.

— Mademoiselle Osborne, dit finalement Holloway, ce rapport scientifique nous conduit à penser que vous êtes parfaitement au courant de l'identité du tireur. Vous m'avez en outre proposé de m'indiquer le meurtrier, ce qui corrobore ces conclusions et confirme que vous le connaissez. Auriez-vous l'amabilité de tenir votre promesse ?

Pour faire face à cette situation tragique, la jeune femme, douloureusement tourmentée, dut rassembler tout son courage. Sa tendresse et son affection s'opposaient à son sens de la justice. Elle eut la force de regarder Armour droit dans les yeux, espérant y trouver un signe qui l'aurait guidée, mais par delà l'angoisse, elle n'y lut que défi et dédain.

— Je la tiendrai, répondit-elle avec assurance. Il est temps de nous rendre au cabinet du Dr Armour.

Son fiancé se raidit, comme s'il s'apprêtait à se soumettre à quelque terrible supplice, mais il ne montra aucun autre signe d'émotion. Le Dr Osborne semblait de plus en plus inquiet. Quant au chef Holloway, il se contenta de sourire.

Ils se rendirent tous les quatre au cabinet du Dr Armour dans un silence glacial, comme si chacun pressentait l'imminence d'une catastrophe. Le jeune médecin les fit entrer dans la première pièce, et referma la porte. Il demanda alors de façon abrupte :

— Quelqu'un aurait-il l'amabilité de bien vouloir me dire quel est l'objet de cette visite ?

Holloway était sur le point de répondre lorsqu'Agnès fit un pas vers son fiancé et dit, le regardant droit dans les yeux :

— Je pense que la personne qui a commis ce crime se cache dans la pièce qui sert à vos consultations. Si je me trompe, que le Ciel me punisse comme je le mérite. Cependant, pour autant que je puisse en juger, je ne vois rien jusqu'à présent qui pourrait m'empêcher de révéler ce que je sais. Le meurtrier est une meurtrière, et vous la cachez dans cette pièce.

Pâle comme la mort, Armour ne broncha cependant pas à cette accusation. Au contraire, il se redressa, et l'œil brillant, la tête rejetée en arrière, déclara :

— C'est bien une femme qui a tiré, j'en suis maintenant persuadé, et il est vrai qu'elle se trouve en ce moment dans mon bureau. Je l'y ai moi-même cachée. J'avais espéré faire en sorte que le monde ignore son geste, car s'il y eut jamais occasion de faire preuve de noblesse, c'est bien dans cette affaire. Laissez-moi vous dire quelque chose, à vous qui confondez indices et résolution des meurtres, et à vous que motivent des raisons encore moins valables : il ne peut y avoir de crime s'il n'y a pas de responsabilité. Avez-vous imaginé un instant que cette femme ait pu ne pas être responsable de son acte ? Savez-vous ce qu'est une crise d'épilepsie ? Vous, Dr Osborne, vous le savez certainement. Vous êtes familier des formes étranges que peut prendre cette maladie. Vous savez qu'elle peut corrompre entièrement les natures les plus délicates, que ses manifestations sont complexes et obscures, que parfois, au lieu des spasmes violents que nous connaissons tous, la maladie prend la forme d'un dérèglement physique et mental qui peut déformer monstrueusement la perception de la réalité et pousser alors à commettre des actes insensés. Quand cet état survient, la nature profonde du malade peut disparaître totalement. Sa conscience peut être entièrement supprimée, et sa capacité de choisir entre le bien et le mal n'existe plus. Et une fois l'attaque terminée, il ne garde aucun souvenir de ce qui s'est passé.

Je suis donc bien obligé d'avouer — et j'ai la possibilité de prouver ces affirmations — que la femme qui a tiré sur mon meilleur ami se trouve actuellement dans mon bureau, qu'elle est arrivée hier d'une ville éloignée pour que je la soigne, précisément pour cette maladie. Dès son arrivée je lui ai signalé, comme je le devais, que j'avais la joie de bientôt épouser une jeune femme charmante et généreuse. C'est une douloureuse confidence que je vous fais en vous avouant que, malgré ses efforts courageux pour avoir l'air de se réjouir de mon bonheur, elle ne pouvait masquer une certaine tristesse. Sa réaction m'a semblé parfaitement naturelle, mais à vous je dois expliquer pourquoi. Je suis désormais convaincu que ce sont les larmes causées par cette nouvelle qui ont déclenché une attaque de ce que l'on appelle épilepsie larvée. L'idée que quelqu'un me soit plus cher qu'elle la tourmentait. Elle qui, d'ordinaire, est une femme bonne et douce conçut, dans sa démence temporaire, de tuer cette personne si chère. Je n'ai pas besoin de vous préciser que cela signifiait, à l'origine, tuer la jeune femme à laquelle je suis fiancé. Mais elle savait également que Charles Blanchard était mon meilleur ami, et c'est lui qu'elle rencontra le premier. Dans son état de déséquilibre mental, c'est sur lui qu'elle tira la balle qu'elle destinait à une autre.

Le jeune homme s'arrêta quelques instants, mais il n'adressa pas un regard à Agnès qui, prise de vertige à ces incroyables révélations, s'était effondrée sur une chaise.

— M. Holloway, reprit Armour, je vous demande de me promettre que vous n'allez pas arrêter cette femme avant d'avoir vérifié consciencieusement ma confession. Elle s'est, depuis, remise de son attaque, et elle n'a pas le moindre souvenir de cette tragédie. Ne lui en dites rien maintenant, et n'en dites jamais rien à personne si vous arrivez à la conclusion que je vous ai dit la vérité.

— Je vous fait volontiers ces deux promesses, répondit Holloway.

— Alors, je vais vous la présenter.

Il se dirigea vers la porte de la pièce du fond, la déverrouilla, et fit un pas à l'intérieur. L'instant d'après, il revenait soutenant une belle femme d'une cinquantaine d'année, aux traits délicats et pâles, dont le doux visage triste ne portait aucune trace de son terrible geste. Armour, la tête haute, avec toute la fierté d'un gentleman, déclara :

— Mademoiselle Osborne, Messieurs, j'ai l'honneur de vous présenter ma mère.

UN POINT DE VUE INHABITUEL

Le garçon de courses s'approcha de mon bureau et m'interpella :

— Le rédacteur en chef veut vous voir !

J'entrai dans le bureau de mon supérieur qui m'invita à m'asseoir.

— Lisez-moi ça, dit-il en me tendant une lettre.

« A l'attention du Rédacteur en chef de la Corne de Brume. Si vous y êtes favorable, je vous propose d'emmener avec moi l'un de vos reporters. Signé : J.H. Whitesides ».

— Eh bien ?

— Vous iriez ? me demanda-t-il en me fixant.

— Certainement !

— Ça ne vous fait pas peur ?

J'esquissais un sourire.

— J'en étais sûr, dit-il.

Je rougis.

— C'est bon. C'était tout.

En quittant son bureau, je devais avoir une expression inhabituelle, car un journaliste me demanda :

— Qu'est-ce qu'il voulait ?

— Oh rien... répondis-je négligemment. Mais mon visage contredisait certainement mes paroles.

— Je suis sûr que c'était...

— Quoi donc ?

— Le ballon !

— Oui.

— Et il t'a choisi ?

— Bien sûr.

Il y avait sans doute dans ma voix un accent trahissant ma fierté. Mes confrères s'étaient rassemblés autour de moi dans un état d'excitation mêlée d'envie. J'étais calme, fier et supérieur, ce qui, soit dit en passant, prouve bien que les journalistes peuvent eux aussi éprouver des émotions. Du moins certaines. Deux membres de notre rédaction avaient déjà tenté l'ascension.

— Bah ! s'exclamèrent-ils avec dédain, ce n'est vraiment rien du tout.

Néanmoins, c'était pour moi un triomphe. La nouvelle se répandit rapidement. J'étais submergé de félicitations, de condoléances, d'encouragements, de conseils, de supplications, de sollicitations, d'avertissements, de témoignages de compassion et de prévisions funestes. Certains dirent que j'étais courageux, d'autres prirent la liberté d'affirmer que j'étais fou. Quelques uns prédirent que mon cœur me lâcherait au dernier moment, d'autres soutenaient le contraire, et l'on prit les paris. Mon courage ne partait pas favori. Pourquoi devrais-je faillir ? demanda-t-on. Ne m'étais-je pas à plusieurs reprises caché sous la table lors de dépouillements d'élections ? Ne m'avait-on pas tiré dessus ? Ne m'étais-je pas déguisé pour m'introduire dans des tripots ? N'avais-je pas serré le nœud lors de pendaisons publiques ? Mon nez n'avait-il pas été cassé et ma mâchoire brisée ? Oh oui, répondait-on, mais toutes ces aventures ne prouvaient que mon courage physique. Je manquais tristement de courage moral. Ainsi... mais je m'abstiendrai de révéler ce que d'aucuns tiennent pour des faiblesses. J'étais comme un œuf plongé dans une casserole d'eau bouillante, j'étais maintenant tout à fait dur.

« Je vous montrerai, moi », pensais-je. Mais je n'en dis pas plus...

Au cours de l'ascension, il n'y eut que trois incidents dignes d'être mentionnés.

Voici le premier. On me présenta au Professeur Whitesides, autrefois de Chicago, aujourd'hui de San Francisco, qui me serra chaleureusement la main :

— Je suis heureux de vous rencontrer.

— Moi de même.

— Combien pesez-vous ?

— Cent vingt-cinq livres.

— Bien.

Nous nous tenions sous le ballon, que l'on avait gonflé et qui tirait sur ses amarres, ballotté par un fort vent.

— Vous êtes déjà monté là-haut ?

— Non.

— Bien. Nous devrions y aller dans une demi-heure.

— D'accord.

Il me regarda droit dans les yeux et me demanda :

— Comment vous sentez-vous ?

J'éprouvais un certain embarras à être ainsi pris au dépourvu par cette question. Il était certes courant au début d'une conversation d'interroger son interlocuteur sur son état de santé mais la tournure de la question était anormale. Pourquoi ne m'avait-il pas demandé, comme de coutume, si j'allais bien ? Je ne suspectais pas qu'il puisse vouloir dire autre chose et je pensais que cette formule était peut-être courante à Chicago. C'est pourquoi je lui répondis :

— Très bien, merci.

Il me fixa d'un air véritablement surpris et je compris que j'avais commis un impair. Pour réparer les dégâts, j'ajoutai :

— Et vous ?

Cela ne fit qu'empirer les choses.

— Oh, ça n'a jamais été mieux.

Et comme il disait cela, il se détourna pour réprimer un sourire. Quand il eut retrouvé sa contenance, il me regarda à nouveau droit dans les yeux et conclut en me tapant sur l'épaule :

— Ça ira.

Le deuxième incident se produisit alors que j'étais en train de discuter avec un confrère. Il avait lui-même déjà effectué une ascension. Au cours de la conversation, je lui demandai très naturellement, mais assez maladroitement, et sans aucune raison particulière dont je puisse me souvenir :

— C'était comment ?

Son regard se troubla, sa lèvre inférieure frémit, et il ne répondit pas à ma question, prétendant ne pas l'avoir entendue. Cette attitude, plus que tout ce que j'avais pu lire ou entendre dire, enveloppa la pratique de l'aérostation d'un épais voile de mystère.

Quant au troisième incident, il se déroula à 5 000 pieds d'altitude tandis que nous naviguions vaillamment. Le professeur indiquait des points de repère familiers. Soudain son attention se porta sur moi, et il répéta sa fameuse question :

— Comment vous sentez-vous ?

J'étais embarrassé. Il semblait agiter le rideau derrière lequel était dissimulé le mystère. Je me souvins que j'avais commis un impardonnable impair la fois précédente, sans doute pour l'avoir mal compris. Cette fois-ci, à cause de cette suffisance qui caractérise les journalistes, je commis l'impardonnable erreur de ne pas m'enquérir de ce qu'il voulait dire. De nombreuses idées me traversèrent l'esprit. J'étais extrêmement embarrassé et, au désespoir, je finis par lui répondre d'un mot :

— Sec.

Il me regarda avec encore plus de perplexité que la première fois, puis il éclata d'un rire qui me vexa. Il le remarqua, et s'empressa de me rassurer avec les mêmes mots que la fois précédente :

— Ça ira.

Je ne mentionne que ces trois incidents car ils touchent tous à une chose que je ne pouvais alors comprendre mais qui a, depuis, affecté toute mon existence. Je peux dire maintenant qu'il n'y a rien de remarquable *per se* dans une ascension en ballon; à moins qu'elle n'ait des conséquences pires que la mort. Par conséquences, je n'entends pas les menues péripéties de l'ascension, telles qu'affronter en plein ciel un aérostier fou, être largué au beau milieu de l'océan, traîné et déchiré dans la boue ou battu contre le sol jusqu'à n'avoir plus un seul os intact. Tout cela, ce ne sont que des broutilles. Ce ne sont pas non plus les sensations éprouvées par le novice, qui ne valent pas celles du haschich ou d'une pipe d'opium. Quant aux émotions, je fus pour ma part indifférent aux mouchoirs qui s'agitaient, aux cris de la foule et à la musique de la fanfare qui accompagnèrent le largage de la dernière amarre par notre pilote; indifférent à notre rencontre avec un arbre alors que nous prenions notre essor; indifférent encore aux tirs de la Winchester qui nous prit pour une cible d'entraînement alors que nous n'avions pas encore atteint les 3 000 pieds; indifférent à notre rencontre avec le ballon qui emmenait au dessus de la baie le Professeur Colgrove et Miss Allison, et encore plus à l'expérience piquante à laquelle ils s'y livraient; indifférent toujours à nos diverses aventures, comme d'avoir été traîné à travers les arbres, heurtés, écorchés par les branches comme nous nous posions; indifférent enfin à la remarque du professeur Whitesides qui, une fois le ballon rangé, se souvint avoir deux ou trois bouteilles en réserve au fond du panier. Non, tout cela était bien trivial, et je dois m'expliquer quant à ces fameuses "conséquences".

A peine avais-je regagné la ville que je fus entouré d'une foule d'amis, de vagues connaissances et de parfaits étrangers. Ils m'accueillirent comme si j'étais ressuscité d'entre les morts et me submergèrent d'attentions. Je fus poli, un peu condescendant, presque majestueux. Des étrangers voulaient que je leur sois présenté, certains même me serraient la main sans l'avoir été. Des mères me désignaient du doigt à leurs enfants en disant:

— Regarde, c'est lui.

Certaines disaient:

— Rappelle-toi de lui.

Un ami me demanda:

— Raconte-nous.

— Oh, répondis-je, la terre ressemblait à un très beau panorama, un exemple parfait d'art topographique français. Le sol était comme tapissé de velours vert, de satin marron et de soie grise. San Francisco ressemblait à un amas de cristaux d'alun, difforme et éblouissant. Quant à Oakland, on aurait dit un nid de perdrix rempli d'œufs.

— C'était comment ?

Je m'étranglai. Je me retrouvais face à l'angoisse, car c'en était devenu une, de ne pas comprendre la question que l'on me posait. Cette fois, je me montrai circonspect et lui demandai :

— Que veux-tu dire ?

— La sensation...

— Je ne comprends pas.

— As-tu eu peur ?

— Non.

— Tu n'as ressenti aucune envie de sauter par-dessus bord ?

— Certainement pas. Me crois-tu fou ?

— As-tu eu le vertige ?

— Non.

C'est alors qu'une grande clarté m'envahit. Je me souvins en effet avoir lu que certaines personnes avaient connu ce genre de symptômes. C'était comme si on avait enlevé un poids de ma poitrine. Je comprenais désormais la question du professeur, mais la lèvre frémissante du reporter demeurait malgré tout un mystère. Je me mis immédiatement à la recherche du professeur pour m'excuser de ma bêtise. Il éclata de rire, m'assura que j'étais le meilleur novice qu'il ait jamais eu à son bord et me proposa même de l'accompagner lors de sa prochaine ascension.

Les jours passèrent. J'eus à expliquer à de nombreuses reprises en quoi consistait une ascension en ballon. Ce n'était pas désagréable au début, je trouvais même cela plutôt flatteur, mais cela devint vite lassant. Des gens m'arrêtaient dans la rue, et me demandaient :

— C'est vous qu'êtes monté en ballon, pas vrai ? Je l'ai vu dans le journal.

— Oui.

— C'était comment ?

Je répondis à ces questions plusieurs centaines de fois, poliment et du mieux que je le pouvais. Comme on peut s'en douter, le fait de n'avoir rien éprouvé de particulier rendait l'exercice particulièrement pénible. Quelques uns me demandèrent tout de même ce que l'on voyait. Je répondais systématiquement la même chose, et pourtant ma politesse ne m'a jamais abandonné. Je ne savais pas, avant cette expérience, que j'avais autant d'amis et de connaissances. Les premiers temps, je fus naturellement fier de découvrir ces centaines de personnes qui me connaissaient sans que ce soit réciproque. Le nombre gonfla, crut sans cesse, et des hommes, des femmes, des enfants apparaissaient devant moi, comme par magie, pour me demander :

— C'est vous qu'êtes monté en ballon?
— Oui.
— C'était comment?

Leur nombre atteignit bientôt le millier, et ma patience ses limites. Je décidai alors de rédiger un petit mémoire. Cette entreprise ne me demandait que peu d'efforts intellectuels et m'offrit un soulagement temporaire. Mais ce n'était qu'un avoir à percevoir sur mon exaspération car cela s'avéra vite fastidieux, et je réduisis le texte de moitié.

Les gens m'arrêtaient sur la voie publique, comme des brigands:
— C'est vous qu'êtes monté en ballon?
— Oui.
— C'était comment?

Je leur tendais ma brochure, m'inclinais, et poursuivais mon chemin. Les choses empiraient d'heure en heure et de jour en jour. Tout cela se propageait comme une épidémie. C'est pourquoi je voulus trouver repos, confort et consolation chez celle qui était pour moi plus importante que la vie, plus chère que le bonheur, dont l'âme se confondait avec la mienne, dont le visage serein et pâle était plus sacré que la promesse de l'au-delà, plus enchanteur qu'une vision du paradis, celle qui tenait mon cœur dans ses mains délicates et qui, je le crois, m'aimait tendrement. Elle vint m'ouvrir et je n'oublierai jamais l'éclat de ses beaux yeux lorsqu'elle me demanda avec tendresse:

— Te voici enfin ? Quel imprudent tu as fait ! Alors, c'était comment ?

A ce coup terrible, mon cœur faillit lâcher, et je bégayai quelque chose d'incompréhensible avant de la quitter. Je la revois maintenant, debout sur le seuil, interloquée par mon départ soudain, une larme roulant sur sa joue et ses yeux adorables pleins d'une terrible inquiétude. Je m'en allai, et je ne revins jamais.

Je devins morose. Quand on m'abordait, j'étais sec et désagréable. J'évitais les lieux publics autant que mon métier de journaliste me le permettait. Les cloches elles-mêmes se mirent à me harceler, m'interrogeant dans leur langue métallique :

— C'était comment ? C'était comment ?

Des personnes invisibles murmuraient autour de moi :

— C'est vous qu'êtes monté en ballon ?

— Oui, murmurais-je en retour.

— C'était comment ?

Le monde entier était contre moi, je devins craintif et renfermé. Je tremblais à l'idée de rencontrer quelqu'un. Peu à peu, j'abandonnai tous mes amis, je devins totalement reclus. Je ne dormais plus. Des ombres étranges et fantomatiques apparaissaient autour de mon lit. Certaines me posaient la terrible question aimablement, tandis que d'autres le faisaient en me saisissant violemment à la gorge :

— C'était comment ?

Je leur répondais que le sol faisait un très beau panorama, un exemple d'art topographique français. Je leur expliquais tout, mais elles revenaient la nuit suivante. Au bout de quelques jours, elles ne limitaient plus leurs apparitions à la nuit. Elles me suivaient dans la rue, tantôt se dissimulant dans les coins pour m'assaillir par surprise, tantôt se couchant en travers de mon chemin en grimaçant. Mon visage se flétrit, mes forces et ma jeunesse s'enfuyaient, mon regard était inquiet, vide et terrifiant. Les choses en arrivèrent bientôt à un point critique : quand on me posait la terrible question, je hurlais et je perdais tout contrôle de moi-même, jetant mon chapeau par terre, le piétinant tout en me tordant les doigts ou en me tirant les cheveux. J'injuriais les fantômes et je leur lançais des pierres.

Le mystère de la lèvre tremblante était totalement éclairci : il était devenu pour moi une horrible réalité.

Le rédacteur en chef de la Corne de Brume m'affirma que j'étais surmené, épuisé, et que je devais prendre des vacances.

Pour échapper aux fantômes les plus agressifs, je tentais de me perdre dans la foule des rues les plus encombrées. Je remarquai bientôt qu'un homme me surveillait. C'était un policier que je connaissais de longue date. Il me suivit pendant deux jours. Le troisième, je le pris au collet pour lui demander quelles étaient ses intentions. Tremblant, il chercha à m'amadouer. Je l'insultai et le menaçai de mort avant de le laisser filer.

Deux heures plus tard environ, il vint à ma rencontre en compagnie d'un autre inspecteur. Ils m'encadrèrent et, m'empoignant chacun un bras, me demandèrent de bien vouloir les suivre. Je refusai, indigné, puis je commençai à me débattre. Ils me menacèrent des menottes, je cédai alors en les maudissant. Ils me conduisirent jusqu'à la prison municipale, au guichet d'enregistrement.

— Pourquoi suis-je ici ? demandai-je.

Ils me répondirent de ne pas m'inquiéter, qu'on ne m'accusait d'aucun crime, mais qu'ils avaient besoin de moi pour quelque chose. Ils s'efforçaient maintenant de me calmer, mais je continuais à les traiter de tous les noms. Et au secrétaire qui s'affairait derrière le guichet, je déclarai :

— Quant à vous, si vous me posez *cette* question, je vous défonce le crâne !

Il blêmit, et, après avoir noté mon nom, il écrivit la cause de mon arrestation en hésitant. Il fit alors un signe aux policiers, et leur tendant un trousseau de clés, leur déclara :

— Quarante-trois.

Les inspecteurs me ressaisirent les bras et me conduisirent vers un couloir. Soudain, je m'arrachai à leur poigne et me ruai vers le registre de la prison. A côté de mon nom, le secrétaire avait écrit le plus terrible des mots : FOU.

Les policiers me rattrapèrent, et j'eus beau me

débattre comme un forcené, ils me menottèrent, me traînèrent vers une cellule et m'y enfermèrent.

Cette nuit-là, un million de spectres vinrent me rendre visite. Ils se glissaient entre les barreaux, maigres comme des pygmées, puis se dilataient en des proportions gigantesques. Ils s'asseyaient sur moi, me tiraient les cheveux, m'écrasaient, me précipitaient contre les murs et me jetaient violemment au sol. Je luttais avec ardeur, hurlant et criant de toutes mes forces, réveillant l'écho de ces couloirs déserts. Et à chaque instant ces démons me glissaient à l'oreille :

— C'était comment ?

Parfois j'essayais de leur dire que c'était un beau panorama, de l'art topographique français, du velours, du satin, de la soie, des cristaux d'alun, un nid d'oiseau. Mais cela ne leur suffisait jamais et ils criaient :

— C'était comment ? C'était comment ?

Alors je les maudissais.

Soudain un démon, hideux et gigantesque, les yeux chargés de braise et la peau couverte d'écailles, dont les narines exhalaient un souffle putride, me saisit dans sa main et écrasa ma tempe de son poing de fer. Le sang afflua à mes yeux et à mes oreilles. De son autre main il me saisit le cou, me plaqua au sol et m'écrasa la poitrine de ses genoux. Je me souviens de son haleine chaude glissant dans mon oreille cette question, brûlante comme du plomb fondu :

— C'était comment ?

Mes efforts faiblirent, puis cessèrent tout à fait et je dormis d'un sommeil lourd et sans rêve.

Je me réveillai pour découvrir qu'un soleil tiède filtrait à travers les barreaux. Je me sentais excessivement faible, mais j'avais l'esprit clair. Mes mains tremblaient et j'étais couvert de sang. Lorsque le gardien apparut à la grille, je le suppliai de me donner une bassine d'eau et une tasse de café bien fort. Je me lavai, bus le café. J'étais requinqué.

L'inspecteur apparut alors, et me regarda attentivement. Je lui rendis son regard calmement, lui souhaitant le bonjour et m'excusant pour ma conduite de la veille. Il s'assombrit et me demanda de le suivre.

— A la Commission Psychiatrique? demandai-je avec un sourire chancelant.

Il ne me répondit pas.

— Très bien, poursuivis-je, je suis prêt.

A la porte de la cellule nous attendaient deux hommes qui nous escortèrent jusqu'au fourgon réquisitionné par l'inspecteur. Ils s'installèrent ensuite sur les deux sièges du fond, montant la garde.

— Ainsi je suis dangereux? demandai-je à l'officier.

— Je ne crois pas, grogna-t-il.

J'avais une tâche terrible à accomplir. Je devais surpasser en finesse ces hommes durs, froids, habiles et pénétrants qui composaient la Commission Psychiatrique. Je devais être audacieux mais néanmoins toujours sur mes gardes; patient, calme et vigilant; prêt à saisir la moindre opportunité; cacher la fourberie la plus retorse sous le masque de l'ingénuité; en alerte; pas trop savant; récalcitrant si je pouvais en tirer parti; désespéré si on me poussait à bout; ne manifester aucune inquiétude; ne rien craindre pour ma vie et me préoccuper uniquement de ma liberté; redouter l'asile plus que la mort elle-même; et par dessus tout, être totalement sans scrupules.

La commission était composée de trois médecins et d'un juge, le responsable de mon dossier à la Cour. A leur demande je m'assis, puis je m'adressai à eux en ces termes :

— Messieurs, je sais que les chances ne sont pas de mon côté. Vous me voyez déjà pâle, hagard et j'imagine que votre examen sera long et fastidieux. Cependant, je veux vous avertir que j'ai une volonté puissante qui me soutiendra jusqu'à la fin, aussi humiliant ou épuisant cet interrogatoire soit-il. Elle constituera également un barrage contre vos efforts pour susciter chez moi un comportement présentant un quelconque signe de folie. En vous mettant ainsi en garde, je me présente désarmé devant vous. Mais souvenez-vous que je peux orienter mes pensées, mes intentions, mes actes et mes désirs de la même façon que je contrôle mes muscles. Je peux refréner mes instincts, cadenasser mes élans, enterrer mes penchants naturels sous une montagne de raison. Je peux brûler les décrets du Destin et étrangler le Sort. Messieurs, je vous laisse la parole.

Ils me posèrent un millier de questions sur mes origines, ma vie, mon éducation, mes habitudes, examinèrent tout dans les moindres détails et y revinrent encore. Je reconnaissais volontiers ce que je ne savais pas et je ne m'embrouillais jamais dans ce que je savais. Je les impressionnais par ma connaissance de la nature humaine et du monde, et leur expliquais que ma formation de journaliste m'avait rendu familier d'une grande variété de sujets. Ils semblaient perplexes.

— C'est bien là une folie des plus malignes, murmura l'un des médecins à son voisin.

— Je ne suis pas de cet avis, répondit-il.

Attentif comme un renard, j'avais surpris leur conversation.

— Messieurs, votre opinion ? demanda le juge.

— Une étincelle peut parfois suffire à déclencher une explosion, monsieur.

— Tout à fait.

L'inspecteur glissa quelque chose à l'oreille du médecin qui avait conduit l'interrogatoire. Son visage s'illumina, et il me demanda :

— Avez-vous jamais effectué une ascension en ballon ?

— Non, répondis-je avec un grain d'anxiété dans la voix.

Le médecin et le policier échangèrent un regard de connivence dont je compris la signification. Je me déplaçais désormais en terrain miné.

— Vous en êtes certain ?

— Absolument, affirmai-je sans la moindre hésitation.

— Interrogez vos souvenirs. Regardez attentivement.

— C'est ce que je fais.

— Et vous ne trouvez aucune trace d'un tel événement ?

— Aucune.

Le médecin se tourna vers le juge :

— J'ai trouvé l'étincelle.

— Et la mèche ?

— Je l'ai allumée.

— Et l'explosion ?

— A eu lieu, monsieur.

— Donc vous pensez...

— Qu'il est sincère : il a tout oublié.

Moi sincère ! Maintenant je savais de quel métal étaient faits mes adversaires. Ils m'avaient précipité sur une mine, mais d'autres m'entouraient encore. Peut-être cette catastrophe m'avait-elle ruiné, mais j'attendais patiemment la suite des événements, rassemblant mes forces.

— Ce n'est tout de même pas un motif suffisant, concéda le juge.

C'était également mon avis. De nouveau l'inspecteur

se pencha à l'oreille du médecin, et, celui-ci, après m'avoir posé quelques questions décousues, en arriva à me demander :

— Dans le cadre de votre profession de journaliste, vous êtes sans doute fréquemment en contact avec des gens qui vous reprochent la façon dont vous les dépeignez dans vos articles, n'est-ce pas ?

— En effet.

— Bien. Et cela n'arrive-t-il pas de temps en temps que ces personnes aient à votre égard une attitude brutale, voire menaçante, qu'ils vous attribuent des motivations malhonnêtes, qu'ils laissent glisser des insinuations désobligeantes ou même qu'ils vous insultent ouvertement ?

— Si.

— En ces occasions, votre virilité et votre sens de l'honneur se rebellent, n'est-ce pas ?

— Toujours.

— Si j'ai la moindre faculté de juger la nature humaine, il me semble que vous n'êtes pas du genre à tolérer la moindre insulte. Ai-je raison ?

— Parfaitement.

— Vous seriez capable de frapper un homme qui vous aurait traité de menteur.

— Sans aucun doute.

— Ou qui laisserait entendre que vous n'êtes pas un gentleman ?

— Je lui briserais le cou !

— C'est bien naturel, et je vous donne crédit pour

cela. Néanmoins supposez qu'il manifeste quelque velléité de résistance.

— Alors ce serait l'affrontement.

— Précisément, précisément, il y aurait un affrontement. Avez-vous déjà eu à régler une affaire de ce genre ?

— Plusieurs.

— Avec des armes ?

— Au revolver, au couteau...

— Vraiment ?

— Oui.

— Et vous a-t-on tiré dessus ?

— Deux fois.

— C'était comment ?

A cette question, je fus comme frappé brutalement à la tête et un flot de poison bouillant se répandit dans mes veines. Je levai les yeux vers le plafond et je m'arrêtai sur une mince frise de stuc qui faisait le tour de la pièce.

— Eh bien, c'était un très beau panorama, un exemple d'art topographique français. Il y avait du velours marron, du satin gris et de la soie verte. San Francisco ressemblait à une cocarde tissée de cristaux d'alun. Quant à Oakland...

Grand Dieu ! Cela avait échappé à ma vigilance... Je me repris et rougis fortement avant de pâlir comme un spectre. Le juge m'observa pensivement. Le médecin paraissait satisfait et l'inspecteur triomphait. J'avais été mené sournoisement par le bout du nez jusque dans un piège mesquin. Désormais, ma condamnation était sans doute inévitable, mais, soutenu par la peur de l'asile ou la proximité du suicide, je fis néanmoins une dernière tentative. Je concentrais tout ce qui me restait de forces disloquées et d'espoirs en fuite.

Je me levai, croisai les bras et m'inclinai humblement.

— Messieurs, dis-je, j'ai en réalité effectué une ascension en ballon et le souvenir de cet épisode funeste ne m'a jamais quitté.

Les membres de la commission parurent pour le moins intrigués mais m'accordèrent la plus grande attention. Je poursuivis :

— J'ai nié ce fait il y a quelques minutes car je redoutais d'entendre la question que vous m'auriez alors immanquablement posée.

— Vous la pose-t-on toujours ?

— Invariablement. Sachant que la réponse, que me dicte une habitude presque invincible, vous aurait très certainement conduit à me juger fou, et ayant comme tout un chacun une répulsion sans nom pour l'asile, j'ai tenté par ce déni de changer le cours de vos investigations.

— Je vois, je vois...

— La réponse à cette question est comme imprimée dans mon cerveau. Elle est devenue une part de moi-même. Elle est comme un récif sur lequel ma volonté aurait été inlassablement projetée. Elle m'a tourmenté, lacéré les nerfs, conduit jusqu'au désespoir.

Vous pouvez imaginer le nombre de connaissances que peut avoir un journaliste, et ce nombre est même quadruplé quant on considère ceux qui me connaissent sans que ce soit réciproque.

— J'imagine. Et ces gens...

— ...me posent tous la même question.

— En effet.

— Voilà tout.

Il y eut une pause. Il était évident que j'avais ébranlé les fondations de leur conviction.

— Mais, dis-je m'en souvenant soudain, j'ai négligé de répondre à votre question, que je ne répéterai pas. Voici une cicatrice sur mon poignet. Je vous dirai seulement qu'une blessure par balle n'est pas très agréable.

Un doute semblait toujours planer. Le policier et le médecin se concertèrent à nouveau à voix basse, et ce dernier me demanda :

— Pouvez-vous expliquer votre conduite d'hier soir ?

— Certainement. Rien n'est plus simple. Ma conduite correspondait à l'apogée de mon exaspération, le triomphe de la colère sur la volonté. Je me sentais humilié, détruit, prêt tout autant à commettre un meurtre qu'à me suicider. Plus rien ne m'aurait fait hésiter.

— Mais votre comportement depuis plusieurs jours a engendré un soupçon universel de... de...

— De folie ? suggérai-je.

— Merci. Oui, de folie.

Je souris et répondis:

— C'était très précisément l'impression que je souhaitais créer, afin que personne n'ait plus l'envie de m'approcher. Je suis d'ailleurs surpris d'avoir si bien réussi et d'avoir pu tromper l'inspecteur.

J'avais donné cette explication d'un air détendu, avec une lueur dans le regard qui indiquait mon immense satisfaction. Cela fit beaucoup d'effet et aurait pu me blanchir totalement mais à cet instant le policier demanda à ce que je me retire quelques instants dans l'antichambre. Mon cœur se serra à cette requête car c'était à mon plus grand désavantage. Néanmoins j'obéis avec grâce et ils refermèrent la porte derrière moi. J'entendis alors l'inspecteur se lancer dans une grande explication. Au bout de quelques minutes, on vint m'ouvrir et je vis immédiatement à leurs visages que mon destin était scellé.

Ils avaient fait appeler le sheriff, qui se tenait dans la pièce. Le juge était en train d'écrire, sans doute mon ordre d'enfermement. Les médecins quant à eux s'efforçaient d'éviter mon regard et se préparaient à partir.

— Messieurs, dis-je calmement, je peux lire votre décision sur vos visages. Cela m'oblige donc à faire ce que j'avais sincèrement espéré éviter. Vous m'obligez ainsi à vous placer dans une situation assez embarrassante, pour ne pas dire complètement ridicule.

A ces mots ils me regardèrent tous d'un air mi-sceptique, mi-apitoyé. Le juge continua d'écrire, signa, et appliqua un tampon-buvard sur le papier.

— Eh bien, de quoi s'agit-il ? s'enquit d'un ton impatient le médecin qui m'avait interrogé.

— Cela pourrait vous fâcher.

— Pas du tout. Nous voudrions savoir ce que vous avez en tête.

— Je vous supplie en ce cas d'accepter mes excuses par avance. Je vous avertis que ce que vous allez entendre ne va pas vous faire plaisir.

— Allons, dites-nous.

— Souvenez-vous qu'il s'agit pour moi d'une dernière extrémité. Je ne veux pas être interné, et je suis bien obligé de me protéger, aussi désagréables mes moyens soient-ils pour vous.

Ils me regardaient désormais avec une extrême curiosité. Tandis qu'il tendait l'ordre au sheriff, le juge intervint :

— Écoutons ce qu'il a à dire.

— Eh bien, vous savez que l'examen des candidats à l'asile s'effectue à huis-clos et qu'il est donc impossible pour quiconque de peindre, par écrit s'entend, un portrait fidèle des membres, des procédures et des étranges méthodes des commissions psychiatriques.

Leurs yeux s'agrandirent. Je poursuivis :

— J'avais depuis longtemps le désir d'écrire une saynète décrivant un tel examen et mon seul moyen d'y assister était donc de feindre la folie. Mon souhait vient d'être exaucé.

Je ponctuai ma dernière phrase d'un éclat de rire.

Ce fut comme si la foudre s'était abattue sur eux. Ils étaient anéantis et pas un ne souffla un mot.

— Je dois admettre, continuai-je, que je suis particulièrement fier d'avoir réussi à vous faire croire à ma folie. Concernant l'inspecteur, je ne suis pas surpris de son erreur, l'ignorance et la bêtise des policiers étant proverbiales. Je dois dire que ma plus grande satisfaction est sans doute d'être parvenu à feindre les tentatives désespérées d'un homme réellement fou. Je fais allusion, vous vous en doutez, à ces explications manifestement fumeuses concernant ma volonté de paraître fou afin de dissuader les gens de me poser une stupide petite question.

— Ainsi tout ce que vous nous avez dit précédemment...

— N'était qu'une façon de nous protéger de la réalité, moi du désagrément de vous la révéler et vous de la honte de l'apprendre.

Ils restèrent interdits pendant un instant, puis se mirent brièvement en colère avant que la bonne humeur ne prisse le dessus.

— Je vous prie de m'excuser de cette appréciation, lança le médecin, mais je dois dire que vous êtes particulièrement doué pour l'hypocrisie.

— Je la prends comme un compliment, monsieur, répondis-je dans un éclat de rire. Mais n'oubliez pas que je suis journaliste.

— Il me semble qu'il est grand temps d'en finir avec

cette farce, conclut le juge comme il déchirait l'ordre d'internement. Cette façon dont vous vous êtes joué de nous est inexcusable. Au revoir, monsieur.

Je ramassai mon chapeau, m'inclinai, et quittai la pièce. Alors que j'arrivai dans le hall, le médecin qui m'avait rattrapé me tapa sur l'épaule et me souffla à l'oreille :

— Mon cher, vous avez tout manigancé et, ma foi, vous avez été supérieurement habile ! Mais pour l'amour de Dieu, n'en dites rien, et par dessus tout, ne citez pas nos noms dans la saynète que vous comptez en tirer, ni quoi que ce soit qui pourrait nous couvrir de ridicule. Vous me le promettez ? Tenez, prenez donc un cigare.

— Je vous le promets sur mon honneur, lui répondis-je en riant.

Je dépassai l'inspecteur qui se trouvait déjà sur le perron. Il avait l'air assez abattu et penaud.

— Vous êtes un imbécile, lui dis-je au passage.

Ce à quoi il répondit comme je m'éloignais :

— Et vous, vous êtes le Diable !

L'ÉTRANGLEUR ÉCARLATE

L'aventure la plus extraordinaire vécue par l'inspecteur-chef de la police de San Francisco commença avec l'entrée dans son bureau d'un homme qui se présenta sous le nom de Lewis E. Holbrook. Il était plutôt petit et d'allure maladive. Son visage n'avait rien d'agréable, ses yeux noirs au regard fixe avaient une certaine dureté, ses lèvres étaient fines et sans couleur. Il était encore jeune — il avait apparemment moins de trente-cinq ans — et pourtant ses cheveux et sa moustache noirs étaient déjà très grisonnants. Ses vêtements étaient de bonne coupe mais portés avec négligence. Néanmoins, son manque de soin général pouvait s'expliquer par le bras blessé qu'il portait en écharpe dans un impeccable linge blanc.

— Je m'appelle Holbrook, dit-il s'adressant au chef, et cette lettre vous dira qui je suis.

Son langage était châtié et ses manières courtoises. Le chef ouvrit la lettre sans un mot et la lut lentement. Elle était signée par l'inspecteur-chef de Boston et datée de deux semaines. Elle disait ceci :

Cette lettre vous sera remise par M. Lewis E. Holbrook. M. Holbrook (comme vous le savez peut-être) est l'un des meilleurs éléments de mon équipe ; c'est pour cette raison que je l'ai choisi pour une importante mission qu'il vous expliquera dans le détail. Je suis persuadé qu'après l'avoir écouté vous ne le considérerez pas comme un importun de venir ainsi s'occuper d'une affaire criminelle sur votre territoire. Il ne s'agit pas non plus d'une remise en cause de vos compétences professionnelles ; je vous envoie M. Holbrook uniquement parce qu'il a suivi cette affaire et que nous croyons que la personne qu'il recherche se trouve dans votre ville.

Je suis certain, par conséquent, que vous fournirez à M. Holbrook toute l'aide possible pour l'accomplissement de cette mission. Il vous expliquera lui-même précisément ce qu'il attend de vous.

Le chef souhaita alors cordialement la bienvenue à son visiteur et l'invita à le suivre dans son bureau particulier. Ils s'assirent, puis l'inspecteur demanda de quelle assistance il pouvait être.

— Je souhaiterais que vous m'aidiez à retrouver l'Étrangleur Écarlate, répondit M. Holbrook.

Le policier bondit.

— Ne me dites pas qu'il se trouve ici ! s'exclama-t-il.

— Je pense que si, répliqua calmement le visiteur.

— Mais il n'a encore rien fait, insista le chef.

— Je ne crois pas; il n'est là que depuis une semaine.

La nouvelle épouvanta l'officier qui demanda immédiatement des précisions. Holbrook lui donna tous les renseignements qu'il possédait, et son analyse pertinente intéressa beaucoup le chef de la police. Voici l'affaire en substance :

"L'Étrangleur Écarlate" avait commis une série de crimes extraordinaires à Boston. On l'avait baptisé ainsi car l'une de ses victimes, qui en avait réchappé mais était devenue folle, avait déclaré que son assaillant était un homme massif, aux cheveux roux et au visage rougeaud. Les journaux, ainsi que s'en souviendront tous leurs lecteurs, avaient fait un compte-rendu terrifiant de ces meurtres et des particularités qui les distinguaient des affaires habituelles. On peut résumer ainsi ces spécificités :

Un. On ne pouvait présumer d'aucun mobile ordinaire pour ces crimes.

Deux. Toutes les victimes étaient des hommes aisés, connus pour leurs pratiques religieuses, mais qui avaient une mauvaise réputation professionnelle. Dont les gens (des envieux certainement), avaient coutume de dire qu'ils n'hésitaient pas à opprimer les faibles, déposséder les pauvres, et soutirer tout ce qu'ils pouvaient aux personnes prospères.

Trois. Tous les meurtres avaient été commis exactement de la même manière étrange et vraiment inhabituelle. Voici tout ce que l'on en savait:

Chaque victime avait été étranglée. Tuer par suffocation n'est pas chose exceptionnelle mais la façon dont opérait l'Étrangleur Écarlate était unique. C'était du moins ce que laissait supposer l'apparence de ses victimes après leur mort; toutes les tentatives d'explication de sa méthode étaient réfutées par les caractéristiques des blessures. Il apparaissait clairement qu'un objet flexible avait été enroulé une, deux, trois ou quatre fois autour de leur cou. Sa pression avait alors été telle que, non seulement les vertèbres avaient souvent été disloquées, mais que l'objet avait également pénétré profondément dans la chair, en y laissant de profonds sillons. L'instrument qui avait fait ces marques était absolument inconnu des experts de la police. Il semblait tressé mais contrairement à une corde, dont les brins suivent l'axe, l'arme de l'Étrangleur Écarlate laissait des marques perpendiculaires. Il semblait, en outre, que seule était ainsi striée sa surface interne, celle qui avait été en contact avec le cou des victimes. Car, dans un ou deux cas, la partie externe avait été pressée fortement contre le menton et la marque parfaitement lisse se rapprochait alors de celle que laisse une matraque souple. On avait fait appel à toute l'habileté et à l'expérience des inspecteurs et des scientifiques afin de déterminer la nature de cet instrument; en vain.

L'audace, la fréquence et la sauvagerie de ces meurtres avaient répandu une vague de terreur sur tout le pays. Aucun homme à Boston ne se sentait en sécurité et quelques riches notables, qui estimaient correspondre aux critères de l'Étrangleur, prirent d'eux-mêmes la fuite. La police, impuissante, était impitoyablement ridiculisée pour son incapacité à trouver l'assassin. Mais maintenant qu'il avait quitté Boston pour San Francisco, cette lourde affaire retombait sur d'autres policiers. Pour l'instant, la presse ne devait rien en savoir. Il y avait encore un mince espoir que l'Étrangleur ne soit pas venu à San Francisco; ou s'il y était venu, qu'il n'y ait fait qu'étape. Il y avait un autre espoir, plus mince encore, qu'il y soit venu pour réformer sa conduite et suivre une meilleure voie. Néanmoins, toutes les précautions nécessaires devaient être prises.

Le chef convoqua alors Rankin pour lui confier le dossier. C'était un homme fort et athlétique, un inspecteur énergique, à l'esprit vif. Il avait résolu quelques-unes des affaires criminelles les plus obscures de l'histoire de la ville. Le chef et M. Holbrook discutèrent longuement de l'affaire avec lui, bien qu'il soit déjà au courant de l'essentiel. Rankin était un homme précieux, son intelligence était fine et sensible, ses sympathies spontanées et son courage à toute épreuve. Par tous ces aspects, il contrastait fortement avec le détective calme, froid et taciturne qui venait d'arriver de Boston, mais les deux hommes s'entendirent immédiatement.

— Je pense, M. Rankin, déclara Holbrook, que vous et moi devrions constituer une équipe efficace. Il est vrai que je ne suis guère vaillant et de surcroît salement blessé, mais je suis déterminé à arrêter cet homme, et ce n'est pas peu dire.

— Comment vous êtes-vous fait cela ? demanda le chef.

— L'autre jour, dans un accident de train à Clipper Gap.

— Ah, je m'en souviens ! Plusieurs passagers sont passés tout près de la mort.

— Oui, et j'étais l'un d'entre eux. Je n'avais pas besoin de cela !

Cette remarque prit tout son sens avant la fin de la réunion. En effet, Holbrook avait des papiers à remplir, mais privé de l'usage de sa main droite, il écrivit si maladroitement et illisiblement de la main gauche que Rankin dut l'aider.

Au cours de cette entrevue, les trois hommes se persuadèrent que l'assassin devait être un fou qui, grâce à son ingéniosité diabolique, avait inventé une arme nouvelle et formidable pour accomplir ses forfaits. On se mit d'accord sur un système de surveillance de la ville et la réunion toucha à sa fin.

Resté seul, le chef se sentit profondément accablé. La vision de riches notables, pieux mais durs en affaire, retrouvés morts un matin dans leur lit avec d'étranges marques torsadées autour du cou, les yeux révulsés, le visage et le cou gonflés, la langue pendante, s'installa durablement dans son esprit. Quand le premier coup surviendrait-il, et qui frapperait-il ?

Il n'eut pas longtemps à attendre. Le matin du troisième jour après l'arrivée de Holbrook, un appel téléphonique au bureau de police signala que J.W. Lightfoot, un éminent citoyen résidant dans le quartier aristocratique de Washington Street, avait été retrouvé mort dans son lit. Tout suggérait qu'il avait été étranglé. Rankin était de service et il suspecta immédiatement l'Étrangleur Écarlate d'avoir frappé à nouveau. L'officier envoya un messager prévenir Holbrook, et, sautant dans une voiture, il se rendit en toute hâte sur les lieux du crime. Les voisins étaient déjà attroupés autour de la maison. Bien qu'aucun d'entre eux ne soupçonnât la présence en ville de l'assassin tant redouté dont ils avaient tous entendu parler par les journaux, ils avaient déjà eu connaissance de la férocité du meurtre, de son caractère mystérieux et ils paraissaient extrêmement inquiets. Rankin se fraya un passage jusqu'à la maison et chercha la chambre du mort. Il fut très étonné d'y découvrir le pâle détective de Boston déjà occupé à l'examen attentif de la pièce.

— Comment ! Vous ici ? s'exclama Rankin.

— Cela fait presque une demi-heure, répondit tranquillement Holbrook.

— Comment l'avez-vous appris ?

Holbrook sourit de façon assez énigmatique, et d'un ton qui trahissait un soupçon de vanité, répondit :

— Quand je travaille sur ce genre d'affaire, je trouve préférable de dormir le jour.

Il n'ajouta rien de plus mais Rankin le prit comme un reproche et en fut mortifié.

En réalité, il se sentait inutile en présence de cet homme brillant. Bien qu'Holbrook le traitât avec la plus grande considération, il montrait de façon évidente qu'il se considérait comme l'enquêteur le plus qualifié. Et il semblait qu'il y ait quelque légitimité à cela, car il mena sa tâche à bien avec une habileté qui força l'admiration de Rankin. Son bras blessé gênait énormément Holbrook et usait douloureusement sa patience. Il ne parvenait pas à utiliser un mètre-ruban, et cela poussa Rankin à venir à son aide, admettant ainsi implicitement son rôle de subordonné. Par contre, Holbrook ne semblait pas se soucier des interrogatoires qu'il y avait à faire, et à faire rapidement. Rankin lui lança alors un peu abruptement que, comme il était occupé à inspecter les lieux, lui de son côté verrait ce qu'il pourrait apprendre en s'entretenant avec la famille.

— Je m'en suis déjà chargé, répliqua son collègue.

— Oh ! s'exclama le policier stupéfait.

Puis, après une pause, il hasarda cette remarque :

— Nous constatons ici sur le cou et la gorge les étranges empreintes qui signent l'œuvre de l'Étrangleur Écarlate, mais il y a une différence frappante entre ce cas et ceux de Boston.

— Laquelle ? interrogea Holbrook, vivement intéressé.

— Les victimes de Boston n'étaient que des hommes fortunés, connus pour leurs pratiques religieuses, mais dont les méthodes en affaires étaient cependant impitoyables. Ce n'était pas du tout le genre de la victime.

Holbrook abandonna immédiatement ses investigations et s'approcha de Rankin. C'était là manifestement pour lui, l'aspect le plus important de l'affaire. Si important en vérité que la pâleur habituelle de son visage s'accentua, et que ses narines et ses lèvres blafardes remuèrent nerveusement.

— Racontez-moi vite tout cela, Rankin, le pressa-t-il.

— Eh bien..., commença Rankin.

Il s'accorda le temps de la réflexion et, sentant qu'il avait enfin repris la maîtrise de la situation, poursuivit :

— Je connaissais M. Lightfoot depuis longtemps, et il n'était ni très riche, ni très pieux.

— Vous en êtes sûr ? Racontez-moi toute l'histoire.

On pouvait déceler une certaine impatience dans son ton.

— Il était arrivé à San Francisco il y a un bon nombre d'années, en provenance d'un état de la

Nouvelle Angleterre. Il avait des enfants, je crois, et il me semble que sa femme l'accompagnait. Il avait monté une grosse affaire et il vivait dans une certaine opulence, mais tout était à crédit.

— A qui avait-il emprunté cet argent ?

— Je ne sais pas.

— Avait-il un frère aisé ?

— Je ne crois pas.

Le visage d'Holbrook, qu'une étrange expression proche du dégoût avait peu à peu envahi, rayonnait désormais.

— Non, dit-il rapidement, ce n'est pas le bon. Il y avait deux Lightfoot. Des frères. L'un riche et pieux, l'autre pauvre et mécréant. Le riche avait une famille et habitait auparavant Boston. C'est lui que vous voyez mort devant vous. L'Étrangleur ne se trompe jamais.

Le visage de Rankin était cramoisi. Il avait surestimé ses renseignements. L'habileté supérieure de Holbrook l'impressionnait, il sentait qu'il ne comptait pour rien dans cette affaire. Il était naturel qu'ayant ainsi été bafoué, il en conçoive quelque amertume. Il montra ostensiblement qu'il s'affairait à d'autres tâches, car il était consciencieux, mais sa position d'infériorité l'humiliait et limitait son utilité. Holbrook dut s'en rendre compte assez vite et s'efforça de revenir à de meilleures relations, comme s'il avait réellemernt besoin de lui. Quant à celui-ci, il dut convenir que Holbrook n'avait rien fait méritant honnêtement la moindre rancœur.

— Il n'y a rien de plus à faire ici, conclut Holbrook.

Et comme il s'en allait, il ajouta :

— Cette affaire est identique à celles de Boston. Il n'y a aucun doute que l'Étrangleur Écarlate soit ici. M. Lightfoot et sa femme dormaient dans des chambres séparées. La porte de M. Lightfoot donne sur un couloir qui va jusqu'à la terrasse de derrière. Atteindre cette terrasse a été chose facile pour l'Étrangleur. Entre l'extérieur et la chambre, il y a deux autres portes qu'il a forcées avec une pince. Puis, toujours avec cette pince, il a ouvert la chambre de M. Lightfoot, il est entré, et a accompli sa besogne. Lightfoot s'est violemment débattu mais il était incapable de crier. C'était un homme inhabituellement fort, il a sans doute compliqué la tâche de l'Étrangleur, voire même l'a-t-il rendue dangereuse. Mais personne dans la maison n'a entendu le moindre bruit. Rien n'a été volé.

Je suis convaincu que l'Étrangleur est fou, et qu'il est merveilleusement rusé. Le seul mobile de ses meurtres serait de punir ceux qui cachent leur manque de cœur derrière une façade pieuse. C'est ce comportement précis qui rend le meurtrier fou. Il est probable que lorsque nous l'attraperons — si nous l'attrapons — nous aurons affaire à un homme apparemment sain d'esprit.

J'ai une intuition, concernant cette affaire, que vous trouverez peut-être absurde. Je pense que l'Étrangleur possède un accessoire très particulier qui rend ces assassinats faciles et sans risques, et qu'il cède plus à la tentation de s'en servir qu'à celle de tuer des hommes de ce genre. Qu'en pensez-vous ?

Rankin l'écoutait avec attention, mais cette dernière théorie le laissa sans voix et il ne put que hocher la tête.

— Vous avez du mal à admettre cette possibilité ? continua Holbrook. Eh bien, c'est un des plus vieux principes dans l'étude des crimes démentiels : la possession du moyen pour accomplir quelque chose est la plus forte des incitations à sa réalisation. Autrement dit, un déséquilibré sera plus susceptible de commettre un crime parce qu'il se trouve détenir une arme mortelle que parce qu'il souhaite la mort de sa victime.

Tout cela était un peu trop profond et subtil pour l'entendement de Rankin.

— Il me semble donc, reprit Holbrook, que l'aspect le plus important du travail qu'ii nous reste à faire va consister à découvrir la nature de l'accessoire utilisé par l'Étrangleur.

— Considérez-vous que ce soit plus important que la découverte de l'Étrangleur lui-même ? demanda Rankin en ricanant à moitié.

— Loin de là, répondit Holbrook, mais je pense qu'il nous sera pratiquement impossible de mettre la main sur l'Étrangleur sans avoir découvert auparavant la nature de l'instrument qu'il utilise. Croyez-moi, cet homme est équipé d'une façon terrible et extraordinaire, son arme est à la fois originale, affreusement silencieuse, rapide et dangereuse.

Bien entendu, on ne releva pas la moindre trace de l'Étrangleur Écarlate. Les journaux s'enflammèrent pour le récit du crime et l'histoire des agissements de l'Étrangleur à Boston. Toute la ville semblait avoir été ensorcelée par la peur. Dans la rue, les gens se regardaient mutuellement d'un œil suspicieux. Quelques personnages douteux furent arrêtés mais leur innocence fut rapidement établie. Pendant ce temps-là, Holbrook poursuivait son enquête avec une constance obstinée. Il ne semblait jamais dormir. Il venait faire son rapport à l'inspecteur-chef quasiment chaque jour, et quand il ne se déplaçait pas, il envoyait un message. Pourtant son bras ne guérissait pas, il n'en avait toujours pas l'usage et écrire lui était de toute évidence difficile.

Le huitième jour après le meurtre de Lightfoot, le chef fut très surpris de recevoir la lettre suivante :

Monsieur,

J'ai lu avec le plus grand intérêt le compte-rendu qu'ont fait les journaux de mes faits et gestes. Les plus regrettables erreurs ont été commises; sur les faits mais aussi sur les conclusions qu'on en a tirées. J'aimerais avoir maintenant l'occasion de démontrer que je ne suis pas, au fond, un mauvais homme. Vous trouverez ci-dessous une liste d'habitants de cette ville qui appartiennent, il me semble, à la catégorie dans laquelle on suppose généralement que je sélectionne mes victimes. En face de chaque nom, j'ai inscrit celui d'une institution charitable et une somme d'argent particulière. Si d'ici dix jours, chacun de ces messieurs a donné la somme d'argent spécifiée à l'institution correspondante, ils n'auront pas à craindre une visite de ma part au cours de l'année à venir.

L'Étrangleur Écarlate

[Pour des raisons évidentes, on omet ici la liste dressée par l'Étrangleur.]

Le chef montra la lettre à Holbrook, qui la lut avec intérêt et amusement, puis ils la portèrent à un expert en graphologie. Celui-ci l'étudia pendant de nombreuses minutes, ne cessant de montrer des signes de surprise et de pousser des exclamations indistinctes. Quand il eut terminé, il déclara :

— Ceci est l'écriture la plus remarquable que j'aie jamais vue.

— Elle me semble à moi tout à fait ordinaire, hormis l'inclinaison des lettres qui est un peu curieuse, remarqua le chef. La lisibilité est excellente, l'orthographe et la ponctuation sont parfaites.

— Vous n'avez pas remarqué le détail le plus intéressant.

— Lequel ? Qu'il tenait son stylo de la main gauche, peut-être ?

— Il ne *tenait pas* son stylo dans la main gauche... ni dans la droite.

Cette information stupéfiante méritait une explication.

— Ma vie en dépendrait que je serais incapable de vous dire comment il le tenait, poursuivit l'expert. S'il était possible pour un être humain de posséder un membre supplémentaire, étrange et inconnu, je dirais que c'est celui-là qui a été utilisé, mais comme c'est hors de question, je n'ai aucune explication. La forme générale de l'écriture, que renforce la construction microscopique des lettres, montre qu'aucun muscle connu du bras, de la main ou des doigts n'est intervenu dans la formation de ces mots. Si je n'avais pas autant de bon sens, je dirais que ce n'est pas un être humain qui a rédigé cette lettre. C'est comme si la force qui a dirigé le stylo avec tant de maîtrise provenait d'un muscle inconnu de l'anatomie. Il semblerait qu'il possède une flexibilité extraordinaire, impossible à atteindre pour un membre contenant des os, et une puissance, une rapidité de mouvement inouïes. Quant à sa forme et à sa consistance, je serais absolument incapable de les deviner. Laissez-moi ajouter que je n'ai pas pris pour cette étude le temps nécessaire pour une bonne analyse et que tout ce que j'ai dit n'était que spéculations.

Les deux policiers avaient écouté ce discours avec un étonnement manifeste, mais alors que l'inspecteur-chef avait un sourire incrédule, Holbrook s'empara de la théorie avec avidité.

— A mon avis, nous sommes beaucoup plus près de la solution de toute cette affaire que nous ne l'avons jamais été, dit-il considérablement excité. Il me semble presque certain que l'Étrangleur a utilisé, pour rédiger cette lettre, le même accessoire que celui avec lequel il tue ses victimes.

Le chef éclata de rire. L'expert, quant à lui, était partagé entre le mystère soulevé par cette écriture et l'absurdité de l'hypothèse d'Holbrook.

— Si vous connaissiez ces graphologues comme je les connais, Holbrook, vous y réfléchiriez à deux fois avant de vous former une opinion à partir de leurs conclusions, dit le chef en plaisantant avec un ton légèrement paternaliste.

On laissa néanmoins la lettre à l'expert afin qu'il approfondisse son étude et les deux policiers se mirent en quête de Rankin pour lui rapporter les derniers événements. A son tour, il railla Holbrook pour son hypothèse ridicule. Le Bostonien se vengea alors en lui lisant un article sur certains aspects étranges et méconnus de la criminalité dont ce dernier n'avait pas eu connaissance. Dès lors, les relations entre les deux hommes furent empreintes d'une hostilité latente, et leur travail en commun sur l'affaire masquait mal leur antagonisme. Peu de temps après, se produisit une étrange tragédie qui se déroula ainsi :

Les dix jours de grâce que l'Étrangleur avait laissés aux hommes de sa liste avaient expiré. Il est impossible de savoir si certains d'entre eux avaient tenu compte de l'avertissement et versé leur tribut, mais il est certain que quelques-uns ne l'avaient pas fait. Parmi ceux-ci, plusieurs considéraient l'ultimatum comme l'œuvre d'un plaisantin tandis que d'autres avaient pris des mesures spéciales pour se protéger. L'Étrangleur choisit sa deuxième victime de San Francisco dans ces derniers, d'évidence animé par un flamboyant esprit de défi. N'était-ce qu'une curieuse coïncidence que, au moment précis où il lança son attaque mortelle, la victime soit sous la garde de l'inspecteur Rankin ? Les circonstances de ce meurtre sont d'ailleurs particulièrement étranges.

La victime (Hubbard, le célèbre importateur de thé) avait engagé Rankin à titre privé, pour être conseillé sur les meilleurs moyens de se protéger. La bonne réputation de l'inspecteur le désignait particulièrement pour ce type d'affaire. Il expliqua en détail à M. Hubbard la fabrication et l'usage des outils permettant d'ouvrir les portes, et comme M. Hubbard était célibataire, le policier lui recommanda de poster un homme, la nuit, devant sa chambre. Rankin lui présenta quelqu'un à cet effet. Ce soir précis, comme le garde s'était momentanément absenté, c'était Rankin lui-même qui se trouvait là, attendant son retour. Il était assis avec M. Hubbard dans la salle à manger lorsque ce dernier entendit un bruit provenant de la terrasse. Pensant que des chiens et des chats s'y battaient, il alla vérifier, laissant toutes les portes ouvertes derrière lui. Rankin entendit ce qui lui sembla être un chien bondir sur le dallage. Une minute passa silencieusement, puis l'officier eut l'inspiration d'aller s'assurer que tout allait bien pour son employeur. Il sortit sur la terrasse baignée dans l'obscurité et là, à sa grande stupeur, il vit deux hommes étroitement enlacés lutter sur le sol avec une furie silencieuse. Pendant un instant, Rankin fut submergé par une terreur sans nom car, et son cœur s'emballa à cette idée, il comprit qu'il se trouvait face au terrible Étrangleur Écarlate et que, selon toute vraisemblance, des trois hommes qui se trouvaient là à cet instant, on en retrouverait deux morts le lendemain matin. La peur ne le paralysa pas longtemps. Il dégaina son revolver et porta à ses lèvres un sifflet dont le son perçant résonna dans tout le quartier.

Avant qu'il ait pu distinguer les deux combattants l'un de l'autre, une ombre fine et agile, qui se déplaçait avec une extraordinaire rapidité, s'était détachée de l'amas qui luttait sur le sol. Elle s'accrocha aux jambes du policier interloqué et le projeta violemment à terre. Rankin ouvrit le feu pendant sa chute, mais ne toucha personne. Tout son courage, son agilité et sa force lui furent nécessaires. Il était plus grand que son assaillant et, d'une certaine façon, préparé à se battre avec lui. Il opposa une résistance acharnée qui aurait dû lui permettre de l'emporter, mais son adversaire avait une façon curieuse de se retourner et de se tordre qui surprit et déconcerta le policier. Soudain, Rankin sentit quelque chose de doux et froid s'enrouler autour de son cou.

On comprendra mieux la suite de ces événements extraordinaires grâce au texte suivant, extrait d'un journal qui parut le lendemain matin :

L'agent Scott, qui était posté à l'angle de la rue, fut l'un de ceux qui répondirent au coup de sifflet. Il se mit aussitôt à courir et il n'avait pas fait trois pas qu'il entendit une détonation. D'autres personnes du voisinage se joignirent à lui, et tous se rendirent par erreur à la maison voisine, au Sud de la résidence Hubbard. Là, une femme, la tête enfoncée dans un bonnet de nuit, apparut à une fenêtre de l'étage et les informa que les incidents avaient lieu chez M. Hubbard, sur la terrasse de derrière, et qu'ils y seraient plus vite en empruntant le portail sur le côté de la maison puis en faisant le tour du bâtiment, ce qu'ils firent sans délai. Sur la terrasse, ils trouvèrent le corps de M. Hubbard et son cou brisé portait les curieuses marques de l'Étrangleur Écarlate. De toute évidence, l'affrontement entre Rankin et l'Étrangleur avait débuté à proximité du mourant, et on peut supposer que le policier, plus grand et plus fort, avait entraîné son adversaire vers le couloir pour l'exposer à la lumière.

Pendant cette lutte, qui permit à Rankin d'atteindre son objectif, il dut se produire quelque chose d'absolument terrifiant car lorsque l'agent et les voisins arrivèrent dans le couloir, ils y découvrirent Rankin se battant seul contre un ennemi invisible. Le brave homme avait été si épouvantablement effrayé qu'il en avait complètement perdu la raison.

— C'est un serpent ! hurlait-il. Pour l'amour du Ciel, enlevez-le de mon cou, il m'étrangle à en mourir ! Je l'ai amené à la lumière pour le voir. Vous ne le voyez pas ? Regardez comme il est souple, et arrondi, et sa couleur pourpre ! Touchez-le de vos propres mains, il est froid comme de la glace ! Mon Dieu ! Comme il glisse et se tortille en s'enroulant autour de mon cou ! Et maintenant, c'est cette horrible pression. Tirez-le les gars, moi je ne peux rien faire. Mes doigts sont écrasés en dessous et regardez comment il les a broyés !

La folie du pauvre homme empirait rapidement et son délire devenait de plus en plus incohérent. On dut l'emmener à la prison de la ville et l'enfermer dans une cellule. Il répétait encore et encore ce qu'il disait depuis le début au sujet d'un serpent qui s'enroulait autour de son cou et il attirait régulièrement l'attention sur ses doigts brisés comme preuve de la force incroyable de son adversaire ou de l'arme qu'il utilisait.

La fuite de l'Étrangleur fut aussi audacieuse et risquée que son attaque. On suppose qu'il a vaincu Rankin en essayant de l'étouffer. Mais comme le policier était encore entièrement ou partiellement conscient lorsque les secours arrivèrent sur la terrasse, on ne saura jamais si l'Étrangleur a manqué de temps pour achever sa besogne ou s'il a épargné Rankin pour des raisons qui lui sont propres. Par contre, il est parvenu à assassiner l'homme dont Rankin assurait la protection puis avec une adresse et un courage rares il a terrassé le policier. Il s'est ensuite enfui par une fenêtre, presque sous les yeux de la foule.

Rankin est aujourd'hui l'une des seules personnes vivantes à avoir vu l'Étrangleur mais il est fou, et par conséquent la description du meurtrier, que l'on a pu dresser en rassemblant les divagations du policier, n'est ni fiable ni complète. On n'a obtenu de Rankin que peu de choses, hormis une vague conviction de la petite taille du criminel, et encore cela n'a-t-il été dit que de façon fortuite. L'idée fixe qui habite l'esprit dérangé de ce malheureux est qu'il a été attaqué par un serpent. Ce qui est bien entendu hors de question.

L'inspecteur Holbrook, qui est arrivé sur les lieux peu après les voisins, a été incapable d'éclairer ce mystère de la moindre lumière.

Le lendemain matin, l'inspecteur-chef et Holbrook examinèrent longuement l'affaire. Tous deux déploraient le malheur qui s'était abattu sur Rankin, et ils étudièrent le dossier dans ses moindres détails. Le chef était inquiet et désabusé. En revanche, Holbrook semblait alerte et plein d'espoir.

— Nous ne pouvons que l'attraper. Ce n'est qu'une question de temps, répétait-il.

— Pendant ce temps-là, on assassine mes hommes, s'emporta le chef. On m'accuse d'incompétence et nous n'avons pas progressé d'un pouce. La ville tout entière est en proie à une terreur irrationnelle, je reçois chaque jour trois cents demandes de protection personnelle. Vous êtes arrivé ici avec la réputation d'un homme particulièrement au courant des ressorts de cette affaire, et vous avez beau être là depuis trois semaines vous n'êtes apparemment arrivé à rien. Je pense qu'il est temps que nous ayons une explication.

Holbrook baissa la tête. Il paraissait confus et humilié. Il répondit sur un ton quelque peu plaintif :

— Vous refusez de m'accorder le crédit des quelques découvertes importantes qui ont permis de cerner le caractère du meurtrier, et vous ne semblez pas vous rendre compte de l'extrême difficulté qu'il y a à démasquer un criminel de cette espèce. Vous devriez être au courant du grand nombre d'affaires similaires qui ont dérouté les enquêteurs les plus habiles depuis les débuts de l'investigation scientifique. Ne serait-ce pas plutôt que vous cherchez à m'imputer votre propre échec ? Je suis simplement venu ici pour vous assister. C'est votre territoire, et vous y avez l'autorité suprême, mais avec cette autorité vient la responsabilité. Personne ne vous a poussé à vous reposer entièrement sur moi, et d'ailleurs vous ne l'avez pas fait. En dehors de m'adjoindre un imbécile, que vous considériez comme un enquêteur de grande valeur, vous n'avez rien fait du tout pour m'aider. Au lieu de garder confiance en moi et de me protéger des journaux, vous avez permis que l'on crie mon nom sur les toits. Quelle meilleure information l'Étrangleur pouvait-il désirer? Mais ce n'est pas tout (ici, Holbrook qui arpentait nerveusement la pièce, s'assit en face de l'inspecteur-chef et le regarda droit dans les yeux), ce n'est pas tout. Vous avez à mon sujet les plus sérieux et indignes soupçons.

— Moi? protesta vivement le chef, plutôt embarrassé. Expliquez-vous.

Holbrook se leva et, lui adressant un regard chargé de mépris et de colère, il lâcha:

— Vous ne me suspectez pas moins que d'être l'Étrangleur Écarlate lui-même!

Ce discours passionné et téméraire avait abasourdi cet inspecteur pourtant aguerri et son visage, passée une pâleur momentanée, devint écarlate. C'était un soupçon qu'il s'avouait à peine, et il était maintenant révélé par la dernière personne au monde qui aurait dû en être informée. Il se sentait accablé et honteux.

— J'en sais beaucoup plus que vous ne l'imaginez, poursuivit cet homme extraordinaire venu de Boston. Tout d'abord, vos soupçons ont été éveillés par mon bras en écharpe. Vous avez astucieusement imaginé que je pouvais ne pas être blessé du tout et utiliser ce linge pour cacher l'accessoire fatal avec lequel j'accomplissais ma tâche mortelle. Ma présence quasi-immédiate sur les lieux des crimes de l'Étrangleur fut un autre élément étrange qui vous mit sur ma piste. Le soupçon s'était installé, vous avez alors, en secret, télégraphié aux autorités de Boston pour avoir confirmation de mon emploi. Et vous savez bien quel soulagement vous a procuré la réponse !

Holbrook fit une pause et attendit une réaction, mais le chef, bien que toujours sous le choc, retrouvait peu à peu ses esprits et préférait garder le silence. L'implacable Holbrook poursuivit :

— Il n'y a pas que cela. Vous avez rendu visite au Docteur Harwell, le célèbre psychiatre, spécialiste de la folie et de ses liens avec le crime. Il vous a dit que, dans cette affaire, la théorie de la monomanie était sans aucun doute à retenir, que tôt ou tard l'Étrangleur se trahirait par un acte de folie autre que ses crimes. Il vous a également dit qu'une monomanie durable n'existe pas, qu'il ne s'agit que de la manifestation d'une détérioration mentale plus générale dont la rage s'oriente temporairement dans une direction spécifique. Il vous a dit encore — vous avez parlé de moi en toute liberté — qu'en me surveillant de près, je finirais par me trahir, que ma dernière erreur serait sans doute une sorte de démonstration de vanité ou un moment de grande excitation ou de grande exaspération. Et vous avez estimé, ensemble, que le meilleur moyen de susciter ce moment d'égarement serait de me provoquer, de m'adresser des reproches; exactement ce que vous venez juste de faire!

Tout cela était absolument vrai, et la précision des renseignements de Holbrook était si stupéfiante que le chef commença à se demander s'il avait en face de lui le diable ou le meilleur enquêteur du monde.

— Eh bien, dit-il en hésitant, puisque vous savez tant de choses, apprenez-moi comment la lettre que j'ai reçue de quelqu'un se baptisant lui-même l'Étrangleur Écarlate a été écrite.

— C'est aussi simple que d'expliquer la réponse que vous avez reçue de la police de Boston, répondit Holbrook avec un rire étrange. Supposez que je sois l'Étrangleur. Ne pensez-vous pas que je serais au courant de leur intention d'envoyer un inspecteur pour me retrouver? Que je pourrais aller à la rencontre du train, le faire dérailler, résoudre les questions sur l'éternité de ce pauvre inspecteur et prendre ses papiers pour m'en servir à San Francisco? Tout cela demanderait moins d'habileté que n'en a déjà démontré l'Étrangleur. Et la lettre? Ah, ah, ah! Voyez, mon cher, un policier se doit de connaître mille choses auxquelles votre esprit semble tout à fait étranger. Bien sûr que je sais comment le message a été écrit. Quant à son auteur... mais c'est un autre problème.

— Si vous le connaissez, cela doit-il rester un secret?

Holbrook posa un regard dur et froid sur le chef avant de répondre:

— Je suis venu ici pour résoudre l'énigme de l'Étrangleur Écarlate, et tant qu'on me soupçonne, je dois garder quelques atouts dans mon jeu.

L'inspecteur-chef de la police de San Francisco ne savait plus vraiment s'il rêvait ou s'il était éveillé, tant il se sentait démuni face à cet homme étrange et à ses incroyables révélations. Il n'avait plus qu'une carte en main et il était déterminé à la jouer avec le plus de sang-froid possible. Il s'excusa et sortit un instant. Lorsqu'il revint, il amenait Rankin avec lui. D'une obsession maniaque, le désordre mental du pauvre homme avait dégénéré en une sorte d'épuisement, d'abêtissement qui lui donnait l'apparence d'un idiot.

Le bureau du chef n'était pas bien éclairé et, en y entrant, quelqu'un provenant du grand jour n'aurait tout d'abord pas bien distingué Holbrook qui s'était assis dans un coin. Rankin grognait, maugréait et se plaignait; il était évident qu'il n'était plus capable de reconnaître même ses meilleurs amis. Le chef le fit s'asseoir sur une chaise, referma la porte et glissa la clé dans sa poche. Holbrook n'avait pas bougé.

— Comment vous sentez-vous, Rankin? demanda le chef avec douceur.

L'homme se redressa un petit peu, mais son regard resta fixé sur le sol et il ne répondit que par un balbutiement de paroles incohérentes.

Le chef reprit, s'adressant à Holbrook:

— Regardez si vous pouvez le réveiller. Peut-être qu'il vous dira quelque chose à vous.

Holbrook s'avança aussitôt dans la lumière et posa sa main sur l'épaule de Rankin. Cela n'eut aucun effet. Holbrook le secoua, puis lui parla. Au son de cette voix, instantanément, un frisson parcourut le malade, il redressa alors la tête et regarda en face le visage du détective.

— Le serpent ! hurla-t-il d'une voix qui trahissait la plus abominable terreur. Et avec une agilité étonnante, il bondit derrière le bureau du chef et s'y tapit, haletant et tremblant de peur.

Cette scène étrange eut un curieux effet sur Holbrook. Il était demeuré debout, absolument abasourdi. Puis une lueur fixe et cruelle apparut dans ses yeux, son visage s'empourpra et une rigidité manifeste s'empara de son corps. De toute évidence, cet homme si solide était en train de craquer.

— Qu'est-ce qu'il veut dire par là, à votre avis, Holbrook ? demanda le chef tout en glissant la main dans la poche de sa vareuse.

Holbrook posa son regard métallique sur le visage de l'inspecteur, et pendant une minute entière les deux hommes se jaugèrent comme deux ennemis mortels. Le combat que menait Holbrook pour garder son sang-froid était tragique et fascinant, puis aussi brusquement que s'il se fut produit une explosion, sa maîtrise vola en éclats. Un éclair de triomphe embrasa ses yeux et irradia tous ses traits, il fut pris d'un rire sauvage, une élasticité, une fluidité étrange envahirent ses muscles et disloquèrent son maintien sévère et rigide. C'est alors que le chef se rendit compte qu'il était enfermé dans une pièce avec deux fous, l'un inoffensif, l'autre...

Il comprit qu'il était prisonnier. Holbrook, dont la vivacité était sans doute accentuée par la folie, avait bondi vers lui, et juste au moment où il s'apprêtait à dégainer son revolver, une chose longue, pourpre et souple jaillit de l'écharpe de Holbrook. Elle s'enroula autour du policier dont les bras se retrouvèrent plaqués le long du corps. L'instant suivant, les doigts de la main gauche de l'agresseur s'étaient refermés sur la gorge du chef et l'empêchaient d'appeler à l'aide. L'officier était fort et massif, sa tête dominait le visage blême et les yeux brillants de son ennemi dément. Il entreprit alors une lutte épique, car il s'agissait désormais d'une question de vie ou de mort, et comprendre qu'il se trouvait à la merci de l'Étrangleur Écarlate accentua encore ses efforts désespérés. Le combat fut silencieux, magnifique. Soudain l'Étrangleur, qui se sentait assuré de son succès, se lança dans un discours empreint de cruelle ironie :

— Si c'était autour de votre cou plutôt qu'autour de votre corps, combien de temps pensez-vous que vous vivriez ? Ah, mais c'est que ça vous pince le bras. Un peu plus fort ? Et voilà, un os brisé du côté du revolver !

Ça fait mal, hein ? Vous devriez être capable de supporter une petite chose comme celle-là. Elle peut être aussi douce qu'elle est forte, vous savez. Vous devriez me voir écrire des lettres aux policiers avec ! Et donc l'Étrangleur devait finir par se trahir lui-même, son orgueil s'avérerait son pire ennemi ! Oh, oh, oh ! Je vais vous laisser respirer encore un peu, le temps de vous ôter toutes vos forces, et peut-être, ensuite, de briser un autre os dans votre bras, et puis alors, alors, quelque chose viendra se glisser autour de votre cou ! Je ne suis pas pressé, nous avons tout notre temps.

Le chef poursuivait sa lutte de titan pour demeurer en vie, mais ses forces l'abandonnaient rapidement, et malgré tout son courage il vit bientôt la mort en face.

Il entendit un craquement sourd, venu d'on ne savait où. Il ne ressentit aucune blessure, mais Holbrook eut un sursaut de surprise et vacilla. Il desserra sa terrible étreinte. Avec un dernier effort, le chef parvint à s'en défaire. Il jeta son ennemi à terre, celui-ci roula sur le dos et mourut dans un dernier râle. A côté de lui se tenait Rankin, qui regardait hébété le lourd bâton de policier qu'il tenait à la main, sur lequel il y avait encore un peu du cuir chevelu de l'Étrangleur.

C'était une malformation extraordinaire, pouvait-on lire dans une interview du Dr Harwell. *On ne trouve dans la littérature que très peu de cas ne serait-ce qu'approchant. A la place de son bras droit, il possédait un appendice musculaire de quarante-deux pouces de long et de deux pouces et demi de diamètre au niveau de l'épaule, qui se terminait progressivement en pointe. Il était d'une couleur pourpre foncé, et sa surface interne était striée, probablement à cause de la pliure permanente de la peau puisque, pour rester caché, le membre était porté enroulé dans une écharpe. Son pouvoir contractile était stupéfiant, mais cela se comprend facilement lorsque l'on sait qu'il était parcouru par un nombre exceptionnel de nerfs et constitué d'un curieux système de muscles longitudinaux, transversaux, spiralés et concentriques.*

Il y a bien d'autres passages tout aussi intéressants, dont certains à propos des penchants meurtriers de l'homme et de son audace inouïe, mais on comprendra mieux tout ceci en lisant la brochure que le Dr Harwell est en train de rédiger sur cette affaire, de sa propre main.

LE CAMBRIOLEUR POSSÉDÉ

Anthony Ross avait sans doute le caractère le plus original et le plus tortueux que l'on n'ait jamais rencontré chez un cambrioleur. Certains y verront, peut-être, l'explication des idées extravagantes qui lui passèrent par la tête et qui donnèrent un tour si étrangement tragique à sa carrière.

Bien que sans éducation, l'homme avait par certains côtés un esprit particulièrement fin. Dénué de sens moral, il mettait une fierté toute artistique dans son travail, qu'il voulait subtil, élégant et achevé. Lorsqu'il commettait une erreur, il se sentait invariablement attristé et humilié, et c'est l'augmentation rapide de la fréquence de ces erreurs qui l'obligea finalement à se pencher franchement sur sa situation. Parmi les actes stupides qu'il se reprochait, il y avait le meurtre du banquier Uriah Mattson, un vieil homme fragile qu'une légère strangulation ou un coup minime sur le crâne aurait suffi à désarmer. Au lieu de cela, de façon brutale et inutile, il l'avait étranglé à mort avec les doigts étrangement allongés et malhabiles de sa main gauche. Tout cela ne lui ressemblait pas. Cet acte l'avait épouvanté et exaspéré, non pas à cause du pêché que constituait un tel assassinat, mais parce que c'était inutile, dangereux, contraire aux principes d'un vrai cambrioleur et monstrueusement inesthétique. Une mésaventure similaire était survenue avec Miss Jellison, une vieille fille aisée, juste parce qu'elle était sur le point de se réveiller, et qu'elle aurait donc eu le réflexe de crier. Dans cette affaire, comme dans l'autre, il fut indiciblement choqué de découvrir que la strangulation fatale avait été commise par sa main gauche aux longs doigts maladroits, et avec une sauvagerie féroce que ne justifiait en aucun cas le danger.

En prenant le temps de réfléchir à ces agissements absurdes et révoltants, il se souvint de nombreux autres événements, différents par leur nature mais d'esprit similaire. Un jour, il avait brutalement projeté contre un mur un bébé dont les pleurs l'avaient mis dans une colère noire. Une autre fois, il fut presque pris pour avoir inutilement torturé un chat dont les miaulements avaient mis ses poursuivants sur ses traces. Il avait ces actes présents à l'esprit, et bien d'autres encore, aussi sauvages et inesthétiques. Il entreprit de les analyser sérieusement.

Il lui apparut soudain que toutes ces conduites aberrantes avaient été menées par sa main et son bras gauches. Fouillant aussitôt sa mémoire, il constata qu'il ne pouvait pas retrouver une seule situation où son bras droit se soit écarté du geste parfait, sûr et artistique. Il comprit alors qu'il se trouvait face à un mystère terrifiant. Son angoisse s'accrut encore lorsqu'il réfléchit que sa main gauche avait commis ces stupides atrocités alors qu'il menait à bien son activité de cambrioleur, mais qu'il avait également eu, en d'autres occasions, des comportements moins dangereux mais tout aussi brutaux, irrationnels et inélégants.

Il n'était pas difficile pour un tel homme d'arriver à d'étranges conclusions. L'explication qui lui vint spontanément à l'esprit, et que ne put ensuite ébranler sa sagesse tranquille et avisée, était que son bras gauche était sous la domination d'un esprit pervers et malin. Cette entité, distincte de son propre esprit, s'était emparée d'une partie de son corps pour précipiter sa ruine. Il est inutile, quoique sans doute intéressant, de spéculer ici sur le genre d'esprit capable d'arriver à de telles conclusions, racontons plutôt les terribles événements qu'elles engendrèrent.

Environ un mois plus tard, un homme à l'allure étrange se présenta dans une scierie, à plusieurs centaines de miles de là, pour solliciter une place. Son apparence inspirait la pitié. Victime soit d'une terrible maladie physique, soit d'une tragique détresse de l'esprit, il avait le visage blême, hagard et dans ses yeux brillait une lueur de désespoir, d'inquiétant présage. Il n'avait pourtant rien d'un vagabond dans sa mise ou son caractère et il ne semblait ni souffrir, ni être handicapé. Il avait la démarche d'un homme, la tête droite, un œil avisé aurait senti combien son regard déterminé portait au-delà des soucis communs et quotidiens de l'existence.

Il dit s'appeler Hope. Ses manières étaient engageantes, et en même temps si impeccables et assurées, qu'il obtint un travail sans difficultés. Il travaillait avec ardeur et son intelligence était si vive qu'on lui accorda rapidement de diriger une des scies. On aurait pu alors remarquer dans son regard un peu plus de trouble, mais également une sorte de lueur d'espoir joyeuse qui en avait adouci la rigueur. Comme il n'entretenait aucune amitié parmi les hommes, il ne se confia à personne et c'est seul qu'il suivit jusqu'au bout son ténébreux chemin.

Il semblait prendre plus de plaisir que les meilleurs ouvriers à constater l'efficacité de ses gestes. Il caressait furtivement les lourdes grumes sombres lorsqu'elle approchaient de la scie, ses yeux pétillaient comme la gigantesque machine chantait et grondait à la tâche. Le contremaître, prenant son enthousiasme pour de la négligence, l'incita doucement à la prudence mais lorsque le billot suivant approcha de la lame, l'étranger sembla glisser et tomber. Il s'agrippa à la pièce de bois qui continuait à avancer et, l'instant d'après, les dents insatiables avaient découpé son bras gauche un peu au-dessous de l'épaule. Il s'effondra avec un grognement dans l'épais tapis de sciure qui recouvrait le sol.

Dans l'usine, ce fut le choc habituel consécutif à ce genre d'accidents. Les visages des hommes pâlirent lorsqu'ils virent l'un des leurs ainsi mutilé. Mais Hope fut bien soigné, et en peu de temps il fut capable de se lever. Alors les ouvriers observèrent en lui un remarquable changement. Sa morosité avait disparu, il avait maintenant des manières chaleureuses qui les surprirent. La perte d'un bras était-elle donc de nature à rendre heureux un homme misérable ? On donna à Hope un travail de bureau facile, et il aurait pu rester, jusqu'à la fin de ses jours, un homme respectable et prospère. Pourtant, un matin il disparut et on ne le revit plus jamais.

C'est alors qu'Anthony Ross, le cambrioleur, réapparut sur les lieux de ses exploits passés. La police se désespéra en constatant le retour d'un homme dont elle n'avait jamais réussi à prouver les crimes terribles, bien qu'elle fût certaine de sa culpabilité. On l'interrogea sur la perte de son bras, mais il rit au nez des policiers avec ce bon vieux *sang-froid* auquel il les avait habitués, et bientôt on revit sa patte dans de nombreux cambriolages audacieux.

On établit une surveillance extraordinairement

attentive de ses faits et gestes, mais cela ne donna rien. Puis les événements prirent un tour si singulier que les policiers en furent tout déconcertés. Ross devint tout à coup téméraire, il se dirigeait presque volontairement dans la gueule de la justice. Des preuves irréfutables le désignaient comme coupable d'un cambriolage et d'un meurtre atroce. Plus surprenant encore, il ne fit rien pour tenter de fuir alors qu'il se savait sans doute poursuivi. Quand les inspecteurs l'interpellèrent, ils le trouvèrent dans un état d'abattement extrême, lui qui s'était montré si enjoué depuis son retour sans son bras gauche. Sans admettre ni nier sa culpabilité, il montrait le désespoir de celui qui se sait condamné à la potence.

Même pendant son procès, lorsqu'il fut confronté au jury, il ne se battit pas pour sa vie. Bien que possédant une fortune importante, il refusa d'engager un avocat. Et il traitait avec une politesse distante celui que le juge lui avait commis d'office. Il trahit une certaine irritation pendant la longue récapitulation des faits par l'accusation. Toute son attitude indiquait qu'il souhaitait que le procès se finisse le plus rapidement possible et qu'il espérait un verdict le désignant comme coupable.

Cette attitude incompréhensible piqua au vif son jeune et ambitieux avocat. Il comprit que cela dissimulait un troublant mystère, et sa volonté de découvrir la vérité s'en trouva aiguisée. Il bombarda son client de questions et tenta par tous les moyens de gagner sa confiance. Mais Ross restait silencieux, morose et s'abandonnait entièrement à une résignation désespérante. L'avocat fit alors une découverte étonnante. Il était certain qu'elle disculperait le prisonnier, mais chaque fois qu'il tentait d'aborder le sujet, Ross avait une violente réaction et se mettait à trembler, comme victime de convulsions. Sa conduite en ces occasions dépassait toute mesure. Il semblait profondément hors de lui, et son avocat en conclut que son client était fou. Il lui était cependant difficile de le prouver car il n'osait entretenir personne de sa découverte, et Ross ne montrait aucun signe de folie si l'on n'abordait pas ce sujet.

Le dossier établi par l'accusation paraissait inattaquable, ce qui sembla grandement apaiser le prisonnier. Le jeune avocat de la défense avait, lui, convoqué de nombreux témoins, et il n'en interrogea finalement qu'un. Sa déclaration en préambule au jury consista essentiellement à affirmer qu'il était physiquement impossible à l'accusé d'être coupable de ces meurtres commis par strangulation. Ross essaya rageusement de l'empêcher d'aller plus loin dans sa démonstration et, de son banc, l'accusa de mensonge.

Le jeune avocat poursuivit néanmoins ce qu'il estimait être son devoir. Il fit venir un photographe qui montra un cliché du visage et du cou de l'homme assassiné. On approchait du moment décisif. Dans ses efforts furieux pour arrêter son avocat, Ross devint complètement incontrôlable et il fut nécessaire de le ligoter, de le bâillonner et de l'attacher à sa chaise.

Quand le calme fut revenu, l'avocat tendit la photographie au jury et leur fit calmement la remarque suivante :

— Vous pouvez constater vous-même que c'est de la main gauche que la strangulation a été effectuée, et regardez : mon client est dépourvu de ce membre !

Il avait raison, sans erreur possible. Les traces de doigts et de pouce, marquées dans la chair du cou d'une façon étrangement allongée, maladroite et féroce, se voyaient de façon absolument claire sur la photographie. Complètement prise par surprise, l'accusation fulminait. Elle tenta de dénigrer la preuve, mais sans succès. Le jury donna son verdict : Ross était innocent.

Pendant la plaidoirie, celui-ci s'était évanoui et on lui avait ôté son bâillon et ses liens. Il revint à lui à l'instant où le jugement était annoncé. Il bondit sur ses pieds, ses yeux roulèrent et, avec un ton hystérique, il s'exclama :

— C'est le bras gauche qui a fait ça ! Celui-ci (il tendait son bras droit aussi haut que possible) n'a jamais fait la moindre erreur. C'était toujours le bras gauche. L'esprit du mal et du meurtre était en lui. Je l'ai coupé dans une scierie mais l'esprit est resté là où était le bras, et il a étranglé cet homme. Je ne voulais pas que vous m'acquittiez. Je veux être pendu. Je ne peux plus vivre avec cette chose qui me possède, qui me gâche mon métier, qui a fait de moi un meurtrier. Elle essaye même de m'étrangler quand je dors. La voilà ! Vous ne la voyez pas ?

Et il regardait son flanc gauche les yeux écarquillés.

— Sheriff, dit gravement le juge, vous conduirez dès demain cet homme devant la Commission Psychiatrique.

LA COMPAGNIE GÉNÉRALE DE DÉCHARGEMENT

Je ne fus pas vraiment surpris lorsque mon meilleur et plus ancien ami, mourant et veuf, me confia la charge de sa petite fille, Annette. Il savait que, par delà la mort, je lui tendais une main sûre et que je respecterais mon engagement. Au début, cela ne me sembla pas une tâche si délicate. Annette était douce, aimable, calme et obéissante. Elle devançait mes désirs et s'attachait à les respecter, mettant apparemment de côté son propre chagrin en ma présence en s'appuyant sur toute la force de son jeune cœur courageux. Je savais peu de choses des enfants à l'époque, sinon je n'aurais pas été aveugle à la conduite trop adulte de cette étrange petite fille. Maintenant, j'ai une meilleure idée de sa souffrance, qu'elle me cachait si bravement; de la nécessité, pour son cœur d'enfant, de simplement toucher la main ou entendre la voix d'une mère. Et je sais aujourd'hui combien elle aurait eu besoin du soutien bienveillant et des conseils avisés d'un cœur simple.

Je pensais faire du mieux que je pouvais. J'imaginais assumer totalement ma responsabilité par mes projets, ma conduite et mes souhaits envers la fillette. Si j'en ressentis jamais le moindre poids, ma gratitude pour son père l'effaça aussitôt. Ainsi, sans attaches et trop jeune encore pour m'établir avec Annette dans ma maison, je la plaçai dans un couvent. Il ne me vint jamais à l'esprit que cette séparation brutale pouvait lui donner l'impression que je me débarrassais d'elle. Mais je dois dire à ma décharge que je ne conçus pas plus l'idée qu'Annette, si désolée, si seule, si douce, attentionnée et réservée, pût choisir de devenir religieuse, ce qui m'aurait en effet ôté toute responsabilité envers elle. Lorsque j'évoquai devant elle la possibilité d'aller à l'école dans un couvent son visage triste s'illumina, puis s'éteignit instantanément.

— Qu'y a-t-il, Annette ? lui demandai-je.

— Je ne vous verrai plus alors.

— Oh si, la rassurai-je, car je viendrai te rendre visite chaque semaine.

Elle me regarda vivement :

— Vous viendrez *toutes* les semaines ?

— Mais oui. Toutes les semaines.

— Parce que, ajouta-t-elle — mais pourquoi utilisa-t-elle ce mot, *parce que*... de quoi était-ce une explication, de quoi était-ce une raison ? — parce que, dit-elle de sa douce et faible voix enfantine, légèrement tremblante, parce que vous êtes tout ce que j'ai au monde.

Je la pris dans mes bras et je l'embrassai pour avoir dit cela. Cela la surprit beaucoup car c'était la première fois que j'avais avec elle ce genre de geste de tendresse, mais je connaissais si peu les enfants...

Elle se rendit au couvent, et sa vie prit un nouveau cours, régulier, avec son lot de solitudes, de souffrances, de désirs, d'innombrables inquiétudes, petits soucis, menus plaisirs et distractions dont je ne savais rien, car Annette était discrète et que je n'eus jamais l'idée de m'en informer. Ma promesse de visites hebdomadaires souffrit de nombreuses entorses, mais ma courageuse petite fille ne s'en plaignit jamais. C'était toujours la même joie spontanée mais éphémère qui éclairait son joli visage lorsque je venais. En dehors de ces instants, elle avait un air invariablement triste et de plus en plus mélancolique. A ma surprise elle refusait le réconfort de la religion. Je n'étais pas moi-même très croyant, mais ce refus me troublait sans que je pusse m'expliquer pourquoi. Parfois elle soutenait, avec réserve mais sans crainte, une philosophie qui semblait désespérer les religieuses. On me rapporta tout cela avec une certaine inquiétude.

Le jour vint où je commençai à attendre avec impatience qu'elle obtienne son diplôme, désormais à portée de main, car j'avais enfin pris conscience de mes responsabilités. Célibataire endurci, trop jeune pour être le père d'Annette, j'en fus quelque peu perturbé. Quelle avait été la part d'égoïsme dans mon attitude envers elle ? Avais-je été indélicat en manquant souvent à ma parole de lui rendre visite régulièrement ? Chaque fois que j'y allais, je lui amenais un petit cadeau et elle m'en était toujours reconnaissante. N'aurais-je pas pu y aller plus souvent et lui faire plus de cadeaux ? N'aurais-je pas pu rester chaque fois un peu plus longtemps avec elle, me montrer plus aimable et plus tendre, lui raconter pour la distraire ce qui se passait au-delà des murs du couvent ? Accentués par ma prise de conscience, ces remords m'envahissaient. J'étais assis tout au fond de la grande salle où se déroulait la cérémonie de remise des diplômes, bien caché pensais-je au milieu de la nombreuse assistance. Mon esprit vagabondait tandis que je cherchais du regard mon Annette (n'était-elle pas ma pupille ?) qui devait se trouver sur l'estrade parmi les autres élèves. Cette belle jeune fille pouvait-elle être Annette ? Si petite, si fragile, si pâle et comme baignée d'un halo de solitude, cela ne pouvait être qu'elle. Dans cette immense salle pleine de monde, je ne voyais que mon Annette, et jamais je n'avais vu une image si exquise, si délicate et si jolie. J'étais heureux qu'elle ne m'ait pas aperçu. J'avais prévu de lui dire plus tard que j'étais là, ce qui lui prouverait bien que je ne l'oubliais pas. Elle tenait le bouquet que j'avais heureusement pensé à lui envoyer, et son attitude suggérait que, par chance, j'avais choisi ses fleurs préférées. En vérité, j'avais retourné tout San Francisco pour en trouver qui me semblent dignes d'elle. Mais que signifiait ce trouble qui venait d'apparaître sur son visage ? Elle paraissait éprouver une profonde douleur. Je m'inquiétai, n'était-ce pas trop d'excitation pour elle ? Il y avait une expression tendue dans ses yeux, elle scrutait méthodiquement la foule, de haut en bas, rangée par rangée, visage par visage ; enfin, l'éclat insondable de son regard bleu s'arrêta sur moi. Instantanément, un éclair de reconnaissance suivi d'une légère roseur, qui rivalisait avec la couleur délicate de son bouquet, balayèrent son visage. Elle esquissa un sourire de joie et de fierté avant de baisser les yeux. A cet instant, sans explication, de façon si brutale que j'en fus stupéfait, j'eus une révélation, c'était si inattendu, si peu prévisible : ma petite Annette était devenue une femme.

Il me fallut quelques jours afin de reprendre totalement mes esprits. J'étais dans un état de trouble inexplicable et bien plus intense que ce à quoi j'étais habitué. J'associais vaguement Annette à cet état et, d'une certaine façon, je lui en voulais. Je lui en voulais à elle, si innocente, si triste, si désintéressée, et, curieusement, je lui en voulais plus encore en pensant qu'elle avait maintenant dix-huit ans et qu'elle n'était plus, désormais, sous ma protection. Il est vrai qu'elle n'avait aucun moyen de subsistance, mais je ne pouvais pas l'en blâmer. La charge qu'elle représentait pour mes revenus modestes m'empêcherait sans doute de me marier et de m'installer dans une maison munie de tous les petits conforts souhaitables, mais pouvais-je le reprocher à Annette ? Cela devait-il affaiblir la force de mes obligations ? Et puis, elle finirait bien par se marier ou par devenir indépendante d'une façon ou d'une autre.

A cet instant on m'apporta le mot suivant :

Adieu, mon cher, mon meilleur ami, mon protecteur.

Vous n'êtes pas venu me voir depuis que j'ai reçu mon diplôme, mais je suis contente de savoir que vous vous portez bien. Peut-être valait-il mieux que vous ne veniez pas, car je sais que je n'aurais pas eu le courage de vous remercier de tout ce que vous avez fait pour moi. Comment vous remercier maintenant ? Chaque mot, chaque regard, chaque geste de votre part durant toutes ces années resteront pour moi de précieux souvenirs.

Je vous prie de m'excuser, mon ami, mais je ne peux pas vivre plus longtemps de votre générosité. J'ai atteint ma majorité, et le premier de mes droits et de mes devoirs est de subvenir seule à mes besoins. Connaissant votre générosité et votre sollicitude, je préfère ne pas vous dire où je pars, mais si tout va bien vous l'apprendrez.

Annette

Le coup fut bref et cruel, mais de tous les sentiments qui se disputaient en moi, un chagrin amer l'emportait. Ainsi Annette m'abandonnait. Ainsi, après tout ce temps, elle me démontrait que je ne représentais rien pour elle et que, maintenant qu'elle était armée pour affronter seule la vie, je n'avais plus aucune utilité. Voilà donc le peu de prix qu'elle accordait à mon amitié, le peu de cas qu'elle faisait de mes conseils et de mon aide. Annette se débarrassait de moi comme d'un mauvais rêve, me laissant blessé, humilié et le cœur brisé.

Au fil des jours mon amertume s'atténua, et je commençais à craindre que l'esprit d'Annette ne soit dérangé. C'est une chose que j'avais envisagée longtemps auparavant mais à laquelle je n'avais pas voulu m'arrêter. Si je devais la retrouver l'esprit bouleversé, mon devoir serait clair, mais si ce n'était pas le cas comment lui imposer ma présence et mon amitié ? Sa conduite avait été une indication suffisante. Les semaines passaient et mon inquiétude pour sa sécurité augmentait. Je n'avais reçu aucune nouvelle de sa part et ce n'était pas bon signe. San Francisco n'est pas une ville assez grande pour y disparaître, mais bien assez pour y mourir de faim. Comment Annette, avec ses goûts délicats, sa timidité naturelle et sa constitution fragile aurait-elle pu y gagner sa vie ? Préférait-elle donc être affamée plutôt que près de moi ?

Mes craintes me poussèrent finalement à entreprendre des recherches, et j'engageai pour cela un homme du nom de Greatwood.

— Je ne souhaite pas la voir, lui expliquai-je, pas

plus qu'elle ne souhaite me voir. Si vous la retrouvez, ne lui dites rien mais venez aussitôt m'en informer.

Ce fut une entreprise plus difficile que je ne l'aurais cru, enfin un jour Greatwood vint me trouver. Il y avait sur son visage une expression indéfinissable.

— Je l'ai retrouvée, m'annonça-t-il, et elle est dans une situation très ennuyeuse.

— Dites-moi tout, Greatwood, le suppliai-je, car ses mots m'avaient causé une vraie douleur mêlée d'une immense impatience.

— Eh bien, elle a été couturière, institutrice également, mais elle n'était pas assez solide, et sa santé s'est détériorée. C'est un miracle qu'elle ait survécu aussi longtemps. Les hôtes de sa pension ont été très bons avec elle, mais elle a toujours refusé la nourriture qu'ils lui apportaient, prétextant qu'elle n'en avait pas besoin. La situation a empiré la nuit dernière. Sa voisine a entendu un bruit étrange venant de sa chambre, un bruit très faible mais suffisant néanmoins pour attirer son attention. Elle a prévenu son mari et ils sont allés vers la chambre de la fille. La porte était fermée; leurs appels et leurs coups restaient sans réponse. Alors ils ont défoncé la porte...

— Est-elle encore en vie, Greatwood? haletai-je, bondissant de mon fauteuil.

— Oui. Mais ce qu'elle essaye de faire est bien pire.

— Dites-moi, mon ami?

— Elle se laisse mourir de faim.

— Venez Greatwood, criai-je, conduisez-moi à elle.
— Mais vous aviez dit...
— Venez! Il n'y a pas une seconde à perdre.

Nous allâmes aussi vite que nos chevaux pouvaient nous emmener. Oh, dans quel endroit misérable et indigne d'elle vivait Annette! Et cette chambre vide et nue dans laquelle elle se trouvait! Je me précipitai à son chevet et soulevai doucement le corps émacié de la pauvre Annette — *mon* Annette devrais-je dire — et je la pressai contre mon cœur. Elle me reconnut et passa faiblement ses bras autour de mon cou. C'était la première fois de sa vie.

— Je ne pensais pas que vous vous préoccuperiez de me voir, dit-elle faiblement.

Des larmes de joie se mirent à couler le long de ses joues blafardes et s'alluma alors dans ses beaux yeux bleus cette même lueur qui les avait embrasés ce jour où elle m'avait retrouvé parmi la foule du couvent. Le docteur, que l'on avait appelé un peu plus tôt, avait laissé comme instructions de lui donner du bouillon mais sa logeuse me dit qu'elle avait refusé de le prendre. Je lui demandai sur le champ d'en rapporter un bol. Annette ne me quittait pas des yeux, mais elle ne parlait pas et ses larmes continuaient de couler. Je me souviens que je m'efforçais d'être le plus doux et le plus tendre possible avec elle. Je parlais peu, car elle était très faible. Je pris soin de ne pas lui adresser le moindre reproche. Comment l'aurais-je pu? Malgré tout il dut y avoir quelque chose dans mon attitude qui la perturba car elle commença à s'agiter. Que manquait-il dans mon comportement ? Était-ce de la compassion ? Mon cœur en débordait. Il est vrai que je ne pouvais pas oublier la façon dont Annette m'avait traité. Cela n'avait diminué ni mon attachement pour elle ni le poids de mes responsabilités, mais elle m'avait bien signifié combien mes soins et mon attention lui déplaisaient. Je me sentais désormais coupable d'une grossière intrusion dans son existence, car j'interférais dans une circonstance qui ne regardait qu'elle et son Créateur. Seul son triste sort me semblait une explication au bonheur qu'elle avait manifesté en me voyant. Une joie qui, comme je m'y attendais, avait d'ailleurs disparu rapidement. Avant même qu'on ne monte le bol, ma présence était manifestement devenue un poids pour elle. Elle refusa le bouillon en secouant la tête. Je la suppliai sincèrement mais son regard n'en fut que plus dur.

— Mais il le faut, Annette, insistai-je.

Dans ses yeux passa une lueur de défiance.

— Non. Approchez-vous. Dites aux autres de sortir, je veux vous dire quelque chose... Vous êtes et avez toujours été de la plus grande bonté avec moi... plus que je ne le mérite ou ne l'ai jamais méritée. Je ne pourrai jamais vous rembourser, car... je ne vivrai pas assez longtemps.

— Annette !

Ses yeux scintillèrent et ses joues blêmes s'empourprèrent.

— C'est vrai, dit-elle plus rapidement, c'est vrai. Je suis déterminée à m'en aller.

— Que voulez-vous dire Annette ?

— Vous savez bien ce que je veux dire, souffla-t-elle en essayant de se redresser. Vous le savez bien.

Si elle avait été incapable de s'expliquer avec les mots, la résolution tragique qu'affichait ses beaux yeux suffisait à m'instruire.

— Vous savez ce que je veux dire, répéta-t-elle, et il serait plus que cruel de votre part de vous y opposer.

Malgré mes principes philosophiques, malgré ma conviction que le droit de mettre fin à ses jours était immanent, sacré et inaliénable, malgré mon opinion que personne ne pouvait prétendre se mêler des affaires de ceux qui préféraient mourir que vivre, malgré ma certitude que parmi tous ceux que je connaissais, malades, fous, malheureux, abandonnés et désespérés, aucun n'aurait trouvé un plus grand soulagement dans la mort que ma pauvre Annette, malgré tout cela donc, mon cœur me sembla s'effondrer quand j'eus véritablement pris conscience de sa terrible détermination. Mes idées tourbillonnaient, les souvenirs de tant de visites négligées et de tant d'autres petites inattentions revenaient me hanter. Sans doute aurais-je pu rendre sa vie meilleure et tenir à distance cette noirceur et cette solitude qui la menaient à un tel désespoir.

Mais que pouvais-je faire ? Je savais qu'Annette était

fière et que sa fin était proche. Malgré ses efforts généreux pour témoigner de la reconnaissance pour le peu que j'avais, si égoïstement, fait pour elle, je vis que ma présence était douloureuse et mon influence néfaste. Que pouvais-je faire ?

— Annette, ne pensez-vous pas que ce que vous envisagez est mal ?

— Oh si, répondit-elle, s'enfonçant dans son oreiller et se couvrant le visage de ses mains.

— Alors vous savez que vous ne devez pas le faire. Je ne voudrais pas vous dicter votre conduite ou vous faire un sermon, mais laissez-moi vous rappeler Annette combien cette violence est contre nature et sacrilège, et combien elle est indigne de vous. Réfléchissez-y bien, mon enfant... Et si je ne suis pas indélicat... Comment dire cela sans vous blesser, chère Annette ? Vous ne devez pas accorder trop d'importance au peu de gestes d'affection que j'ai eu pour vous.

Il y eut un long silence, elle continuait à sangloter. Mon espoir renaquit un instant, pour être aussitôt anéanti lorsqu' Annette me dit, d'une voix brisée :

— J'apprécie votre sollicitude et je vous remercie de tout mon cœur, mais... mais... je suis déterminée.

Devais-je recourir à des mesures plus fortes pour la retenir ? Cela aurait été égoïste et lâche... Annette devait partir... Cette issue fatale s'imposait... Je n'entraverai pas un droit que je considérais comme sacré...

Il ne me restait plus qu'une chose à faire désormais : gagner sa confiance.

— Annette, si vous avez la force de m'écouter, je vais vous dire une dernière chose, très curieuse sans doute, et que seuls peuvent entendre ceux qui regardent la dernière extrémité avec la ferme volonté de l'atteindre. Cela ne vous sauvera pas pour moi, mais cela pourra sauver votre conscience vis-à-vis de vous-même, et votre vœu pourra ainsi s'accomplir sans heurter votre sens du bien et du mal.

Annette me regarda très sérieusement.

— Je ne vois pas comment cela pourrait être possible, remarqua-t-elle.

— Vous êtes trop faible. Buvez un peu de ce bouillon, et ensuite je vous dirai une chose des plus étranges mais du plus grand intérêt pour vous.

Avec une étonnante confiance en moi, elle avala le bouillon et son effet bienfaisant se manifesta très vite. Quand ses joues eurent repris quelques couleurs et ses yeux un éclat plus vif, je lui racontai en substance ce qui suit :

— J'ai un ami allemand du nom de Reiferth. Nous sommes à peu près du même âge et nous partageons la même opinion à propos de ce que vous avez à l'esprit. La crainte du châtiment dans une autre vie retient un grand nombre de gens de commettre cet acte qui serait certainement mieux compris s'il n'était pas si refoulé. Reiferth a donc émis l'idée de fonder une société qui s'occuperait, moyennant une forte somme et de façon tout à fait indolore, de décharger du fardeau de la vie ceux qui souhaitent sincèrement la quitter mais ne parviennent pas à franchir le pas. Ils n'auraient ainsi qu'à s'en remettre à la société pour qu'elle leur fasse ce qu'ils craignent de se faire eux-mêmes. A la grande surprise de Reiferth, j'ai refusé de participer à l'entreprise. Il a pensé que, sachant le projet illégal, sa mise en œuvre exposée aux plus graves dangers et le pénitencier ou l'échafaud menaçant constamment son succès, j'avais peur de devenir son associé. J'ai préféré ne pas répondre à cette accusation. Reiferth m'a demandé alors de l'aider, au moins lorsque cela me serait possible, ce que j'ai promis de faire. Il a finalement mis son projet à exécution ici, en plein cœur de San Francisco, et je constate qu'il a jusqu'à présent parfaitement réussi. Annette, dis-je pour conclure, je vous propose cette possibilité afin que vous accomplissiez votre dessein sans heurter votre conscience. Qu'en pensez-vous ?

[Je ne souhaite pas justifier mon attitude dans cette affaire, ni nier la légitimité des critiques que ces idées inhabituelles peuvent susciter. Cependant, bien que je sache que cette entreprise puisse être dénoncée comme n'étant pas une forme de suicide, et donc encourir toutes les sanctions liées à l'acte qu'elle suppose, je dois dire que je vois, pour ma part, peu de différence entre son principe et le fait de mettre soi-même délibérément en œuvre les moyens de parvenir au même résultat. Mais, il était important en cette circonstance que je persuade Annette qu'elle éviterait de trahir sa conscience.]

Annette m'avait écouté avec un intérêt qui semblait absorber toute ses facultés, et quand j'eus fini elle se redressa très excitée, et à mon regret me dit :

— Vous savez où l'on peut trouver cette société ?

— Oui.

— Comment s'appelle-t-elle ?

— La Compagnie Générale de Déchargement.

— M'y conduirez-vous ?

— Annette...

— Le ferez-vous ?

— Tout de suite ?

— Oui, maintenant.

— Vous n'êtes pas en assez bonne condition, Annette.

— Je me sens parfaitement bien, me répondit-elle, sautant hors du lit et commençant déjà ses préparatifs.

Mon cœur était si lourd qu'il semblait m'entraîner vers le sol. Je quittai la pièce pour avertir ma voiture qui m'attendait en bas, et à peine étais-je remonté qu'Annette me prit le bras et m'entraîna d'un pas décidé vers la rue. J'avais l'esprit si engourdi que je n'étais même plus sûr que ce fût le mien. Dans la voiture Annette, qui s'agitait et débordait d'impatience, constata que quelque chose n'allait pas.

— Que se passe-t-il ? Vous êtes malade ?

— Je ne crois pas Annette.

— Je suis un fardeau pour vous, je vous demande trop... mais tout cela sera bientôt fini.

Nous arrivâmes au siège de la Compagnie Générale de Déchargement, une vieille bâtisse de briques, silencieuse, apparemment inoccupée. L'endroit se trouvait non loin des grands entrepôts qui s'étendent à l'ombre de Telegraph Hill, dans un de ces quartiers où les déménagements incessants avaient laissé peu de traces des activités précédentes. L'intérieur du bâtiment était clair et agencé avec un luxe mesuré. Reiferth avait du goût. Il m'accueillit chaleureusement.

— Vous n'avez pas l'air bien. Je regrette de vous voir dans cet état, me dit-il.

Il avait des manières agréables, délicates, il menait son affaire avec le plus grand tact et la plus grande discrétion. Je pouvais à peine me tenir debout lorsque Annette s'avança pour me dire adieu. Elle avait les larmes aux yeux, elle était pâle, mais sa détermination était intacte et son courage inébranlable. Elle me prit la main et scruta longuement mon visage. Qu'y cherchait-elle ?

— Adieu, mon ami, dit-elle d'une voix claire avec une tendresse infinie.

— Annette...

Mais elle m'empêcha d'en dire plus en jetant ses bras autour de mon cou, et avant que je ne me sois rendu compte de quoi que ce soit, elle m'avait quitté, accompagnant Reiferth vers une autre partie de la maison. Dès que j'eus repris mes esprits, je les suivis, mais la porte qu'ils avaient empruntée était fermée à clé. Je ne pouvais me tenir debout plus longtemps, une immense faiblesse s'empara de moi et je tombai dans un fauteuil. J'y restai assis longtemps, comme frappé de stupeur, j'y étais encore lorsque Reiferth revint.

— Eh bien? articulai-je.

— Tout est fini, me répondit-il avec douceur. Puis il m'apporta un verre de cognac qu'il m'obligea à boire.

— Où est-elle? demandai-je.

— En haut.

— Puis-je la voir?

— Pourquoi... non. Je... je ne crois pas que vous devriez.

— Mais j'y tiens.

Après quelques objections supplémentaires, il céda. Il me soutint dans les escaliers et m'introduisit dans une pièce. Annette était là, étendue sur un divan. Lorsqu'en entrant je la vis, mon cœur bondit de joie car elle ne semblait qu'endormie, mais quand je m'approchai... il m'est impossible de décrire cette impression pénible, même après si longtemps. J'étais venu pour faire mes adieux à ma pauvre Annette, mais je ne pouvais plus, plus dans cette vie.

— S'il vous plaît Reiferth, laissez-moi, lui demandai-je.

Quand il fut sorti, je pris le mince corps dans mes bras et le pressai contre moi, tout près de mon cœur. Je couvrai de baisers ce visage blanchi par la mort. J'embrassai ses cheveux et ses yeux sans regard, jadis si beaux, et je caressai ses pauvres joues creusées.

— Ah ! Annette, sanglotai-je, ma petite Annette à moi, *mon* Annette, je peux te dire désormais ce que j'ai découvert aujourd'hui... Je t'aime. Je t'aime de tout mon cœur, de toute mon âme, et je t'ai aimée ainsi depuis ce jour au couvent où tu m'as cherché et trouvé parmi cette foule si nombreuse. J'ai été aveugle et fou, Annette ! Et maintenant tu es partie, et maintenant mon cœur est anéanti.

Reiferth s'approcha, délaça mes bras du pauvre corps sans vie et me guida doucement vers la porte. Ma pauvre Annette !

Plus d'un an avait passé. Je me trouvais ce soir-là au coin d'une rue, à Philadelphie, triste, apathique. J'avais quitté San Francisco car tout y était imprégné du souvenir d'Annette. L'obscurité venait rapidement. Je me tenais là, immobile, pénétré de cette même douleur froide qui s'était abattue sur moi au moment où Annette et moi avions descendu les escaliers pour rejoindre ma voiture. La nuit s'annonçait fraîche, mais elle était douce et bienfaisante. Je sentis qu'on me touchait légèrement le bras, et me retournant je vis une clocharde. Elle était petite et mince, vêtue de noir. De son chapeau de paille noir tombait une voilette ordinaire, élimée et flétrie, qui abritait son visage de la lueur du réverbère.

— Me donneriez-vous une petite pièce, Monsieur? implora-t-elle. Mon mari est parti et je n'ai rien à manger, mon pauvre bébé meurt de faim.

Sa voix me sembla provenir de très loin, et avec elle surgirent des milliers de souvenirs, toute la douleur d'une vie dévastée. J'étais un homme défait, supportant péniblement l'existence, et je ressentis soudain une agitation telle que toute ma torpeur en fut balayée. Je dus faire un geste surprenant qui inquiéta la femme car elle releva vivement la tête... et je ne vis dans ses yeux pas le moindre signe qu'elle m'eût reconnu.

— Annette! criai-je. Vous me reconnaissez... votre tuteur... votre vieil ami qui vous a élevée pendant toute votre enfance... Annette!

— Je ne vous connais pas, répondit-elle, prise d'une frayeur touchante. Je ne m'appelle pas Annette, je n'ai jamais eu de tuteur.

Chacune de ses paroles semblait empreinte de la plus grande sincérité.

— Mais vous *êtes* Annette, insistai-je comme possédé, et vous devez me suivre.

— Non, non! hurla-t-elle de plus en plus apeurée.

Elle se détourna pour s'enfuir en courant, mais je ne

pouvais pas la laisser s'échapper si facilement. Je bondis à sa poursuite et la rattrapai d'une main ferme.

— Me détestez-vous donc tant que cela, Annette? demandai-je avec colère et amertume. Dites-le moi et je vous laisse partir.

— Je ne vous déteste pas... je ne vous connais pas... vous faites erreur. Laissez-moi. Vous me faites peur. Je vais crier et on vous arrêtera.

Je la lâchai et elle se remit à courir. Était-ce une malheureuse méprise? Était-il possible de ne pas avoir reconnu avec certitude cette faible et douce voix, ces beaux yeux (maintenant si étrangement ternes), ce regard à la tristesse indescriptible, cette petite silhouette fragile, cette grâce exquise dans le maintien et le geste? Mais si c'était bien elle, comment avait-elle pu, elle si honnête et si innocente, si étrangère au mensonge, dissimuler sa surprise et soutenir ainsi ne pas me connaître? C'était là un étonnant mystère, à moins que je ne sois devenu fou, prêt à voir Annette derrière chaque ombre. Je regardais la mendiante s'enfuir, et au loin je la voyais se hâter, poussée par la peur. Avais-je oublié qu'Annette était morte? Sans réfléchir, je me mis en chasse de cette silhouette fugitive qu'absorbaient la distance et l'obscurité. Je ne perdrai pas Annette une seconde fois. Mû par ma résolution et mon impatience, j'accélérai le pas. Je m'en remettais totalement à la force et à la clairvoyance de ma volonté. Car si jamais quelqu'un dut être déterminé mais prudent, ferme mais délicat, sans crainte face à d'étranges et obscurs dangers, mais également confiant dans les témoignages de ses sens, j'étais cet homme-là. Beaucoup de choses m'étaient arrivées qui auraient pu altérer mes facultés, mais j'étais sûr d'une chose : Annette, vivante ou morte, s'était tenue devant moi, et je la suivrai désormais où que me mène l'amour qui me liait à elle.

Sans s'être retournée, Annette s'engouffra dans une rue sombre et se glissa rapidement sous un porche. En un instant, une haute et hideuse bâtisse l'avait engloutie. Je n'étais pas loin derrière elle. Je tentai d'ouvrir la porte mais elle l'avait verrouillée. Je me précipitai dessus comme un fou, la défonçai et l'envoyai voler contre le mur dans un fracas qui résonna jusque dans les profondeurs du bâtiment. Je vis Annette, car je dois bien l'appeler ainsi, en haut de l'escalier. Elle se retourna et m'apercevant, s'enfuit en hurlant. Jamais un chamois n'a bondi plus prestement que moi. J'étais tout près d'elle, dans un couloir à peine éclairé, quand, manifestement terrorisée, elle ouvrit une porte en hurlant « Mère ! ». Je la suivis dans la pièce. Elle s'était jetée dans les bras d'une femme étrange, sinistre, croulant sous les rides et les ans. Le visage blotti contre l'épaule de la vieille, la pauvre fille pleurnichait, véritablement morte de peur. Un homme d'âge moyen, fortement bâti, surgit derrière moi. Il fit un pas de côté pour mieux me voir. D'autres hommes le suivaient, des hommes aux visages brutaux, inexpressifs, qui m'auraient sans doute impressionné en d'autres circonstances. Mais ces visages, le danger de la situation, la confusion de mes sentiments, tout cela s'effaça devant ma détermination implacable : cet homme et moi étions ennemis, entre nous deux se trouvait le dénouement de cette affaire. Une fosse allait s'ouvrir devant lui et il y tomberait. C'était à n'en pas douter le fils de la vieille femme, ils avaient les mêmes yeux perçants, mais les siens paraissaient égarés par la boisson, les mêmes pommettes saillantes, un port de tête identique. Son allure générale semblait copiée sur celle de sa mère, plus épaisse et brutale chez lui, fine et cruelle chez elle. Il ne portait qu'une chemise de laine, ouverte sur la poitrine, les manches retroussées, et un pantalon de toile grossière.

— Eh bien, dit l'homme d'une voix sourde et l'air menaçant, quoi que perplexe, qui qu'vous êtes et pourquoi qu'vous y faites peur comme la mort à ces femmes ?

Annette, reprenant son souffle, leva les yeux en entendant cette voix et le regarda avec reconnaissance.

— Joe, dit-elle faiblement, je suis si heureuse que tu sois là. Tu ne le laisseras pas me faire de mal, hein Joe ?

— Pas tant qu'ces mains-là pourront lui fermer l'tuyau, répondit l'homme en resserrant ses doigts de façon explicite. Mais j'vois pas qu'y ait ici personne qui t'veule du mal, Bess. Va donc t'occuper du bébé.

Annette se leva, et avec un petit cri elle courut au

berceau qui se trouvait dans un coin de la pièce — un berceau bien pauvre, bien abîmé. Elle en tira avec délicatesse un nourrisson endormi.

— Pauvre petit ange, dit-elle d'une voix attendrie, tu croyais que ta maman t'avait abandonnée ?

Sa maman ?

— A qui est donc cet enfant ? demandai-je à l'homme qui sentit la menace et le défi dans ma voix.

— J'sais pas quel droit vous avez...

— J'ai le droit, n'en parlons plus, le coupai-je péremptoirement.

— ... d'venir ici et d'faire tout c'chahut et d'y faire peur à deux pauv' femmes, mais si vous étiez d'un genre plus poli et plus aimable, pour ça vous auriez qu'à y d'mander à ma sœur elle-même.

— Qui est votre sœur ?

— Ben Bess, qu'est là.

Il se dirigea vers Annette, Annette si douce, si délicate, si raffinée, parée de toutes les grâces, Annette la sœur de ce voyou !

— Viens donc par là, Bess, dit-il, amène-toi et réponds à c'que c't'homme il te d'mande. Il te f'ra pas d'mal et j't'assure qu't'es aussi bien en sécurité maintenant qu'tu l'as jamais été. Dis y lui c'que c'est qu'il veut savoir et dis y lui sans entourloupe.

Ainsi encouragée, mais obéissant également à moitié à un ordre, Annette (je dois toujours l'appeler ainsi) se tourna et me regarda pour la première fois depuis que j'étais entré dans la pièce. Tout espoir d'être reconnu avec la meilleure luminosité s'évanouit instantanément. Elle me fixait seulement avec inquiétude. Je m'approchai un peu plus d'elle.

— Annette..., dis-je en enlevant mon chapeau et la regardant droit dans les yeux alors qu'elle s'était assise avec son enfant.

— Je ne m'appelle pas Annette, protesta-t-elle vivement.

— Quel est alors votre nom ?

— Élisabeth, mais ma mère et mon frère Joe disent Bess.

Craintive et incertaine, elle me regardait pourtant avec franchise.

— Quel est votre autre nom ?

— Hartly. C'est le nom de mon mari.

Je vacillai sous le choc tandis que les yeux acérés de la vieille et de son fils, brûlant d'une lueur mauvaise, ne me quittaient pas.

— A qui est cet enfant ?

Je puisais avec peine les mots au plus profond de moi.

— C'est le mien. Elle s'appelle Pearl et je suis sa mère.

Je sentis mon esprit s'égarer et, en pleine détresse, je cherchais autour de moi quelque chose à quoi me raccrocher. Les quatre yeux me transperçaient. Annette — mais devais-je encore l'appeler ainsi ? — me regardait fixement avec son habituelle douceur, mais toujours avec anxiété. Derrière moi se trouvaient les hommes, assemblés près de la porte, qui assistaient à la scène avec la plus absolue bêtise. Je baissai les yeux vers Annette, et sur son visage aussi je vis, moins clairement cependant, le même sceau d'abrutissement que sur le faciès de ces brutes. Il me semblait avancer à tâtons sur un chemin inquiétant et tendu de pièges. Je humais un danger à la forme incertaine. Les quatre yeux m'irradiaient de leur flamme. Malgré la confusion de mes sens trahis, je fis preuve d'une insistance dont j'espérais encore qu'elle tirerait Annette de ce qui me semblait être un esclavage sinistre et tyrannique.

— Où se trouve votre mari ? demandai-je.

Surprise ou prudente, Annette chercha du regard l'aide de ce Joe.

— Où est-il ?

J'insistai car je sentais que j'avais peut-être touché un point faible. Le regard perçant de l'homme me quitta pour se diriger vers elle.

— Réponds-y lui pour de bon, Bess, lui dit-il sans méchanceté, dis-y-lui la pure vérité.

— Il s'est embarqué, répondit Annette, en levant les yeux vers moi, quelque peu perdue.

— Quand est-il parti ?

Elle sembla réfléchir beaucoup et sonder sa mémoire pour répondre honnêtement.

— C'était quand j'étais malade, répondit-elle soudain, avec une certaine fierté d'avoir rassemblé ses souvenirs.

— Vous avez été bien malade ?
— Oh oui, bien malade en effet.
— Quand était-ce ?
— C'était quand est né le bébé. (Là, elle commença à parler avec un débit plus rapide et une pointe de nervosité). Je ne l'ai appris que bien après, j'ai été si malade, et mon mari n'était plus avec moi. Quand je me suis rétablie, j'avais même oublié que j'étais mariée. C'était étrange...
— Ça suffit, Bess, hurla l'homme avec agressivité.
Elle obéit immédiatement en tremblant.
— T'as encore une de tes folies. Tu parles de c'que tu connais pas et tu laisses ta langue courir sans même réfléchir. Oublier ton mari ! Oublier qu't'as été mariée ! P'têt'aussi qu't'a oublié qu'j'étais ton frère ?
— Non, protesta faiblement la fille qui le regardait avec de grands yeux, non Joe, je n'ai pas oublié ça. Mais j'oublie tellement...
— Et ça, c'est qui donc c'te femme là-bas ? demanda l'homme en montrant sa mère.
— Ma mère. Mais Joe...
— Tais-toi ! C't'encore une de tes folies. Maintenant, m'sieur, ajouta-t-il en se tournant vers moi d'un air menaçant, il s'rait p'têt' temps qu'vous partiez d'ici, vous croyez pas ?
Et il poursuivit, de plus en plus furieux :
— Vous avez poursuivi c'te fille jusque chez elle, et puis vous avez défoncé la porte comme une bête sauvage, et puis vous êtes rentré ici comme si qu'vous

vouliez tuer la pauv'petite, et maintenant vous lui rendez la cervelle malade et vous lui avez encore causé une d'ses folies où elle oublie et elle pose des questions. C'est pour ça qu'j'vous y dis qu'ce s'rait mieux si vous partiez.

L'homme était hors de lui et, voyant que je ne bougeais pas, il se dirigea vers la cheminée et empoigna un manche de pioche qui était posé au coin. C'est à cet instant que la vieille femme sortit de son mutisme.

— Non, Joe, dit-elle avec une tranquille fermeté. N'perds pas ta tête, mon fils, en ce moment t'as besoin d'une tête bien calme et d'nerfs bien solides. C'est juste une incompréhension qui s'passe, et ça va s'arranger.

Joe se calma, sa mère se tourna vers moi et dit :

— Vous avez la tournure d'un gentleman, monsieur, et il fait pas d'doute qu'vous en êtes un. Et vous avez pas l'air d'avoir bu, mais sauf vôt'respect vous vous comportez bien étrangement. J'dirais même presque qu'vous avez été insultant, et faut pas en vouloir à mon fils d'avoir vu rouge. Maintenant, moi j'sais pas c'que vous cherchez, mais j'dirais que vous avez pas d'méchantes intentions et qu'vous avez juste pris la p'tite pour une aut' parce que vous l'appelez Nénette, ou que'qu'chose dans c'goût-là. Vous flairez qu'y aurait un truc pas clair et comme qu'vous connaîtriez la fille, vous voudriez la sortir de c't'histoire.

Ainsi parla la vieille femme qui avait résumé la

situation avec une perspicacité étonnante. Elle me rappela que la fille ne me connaissait pas et que dans toutes ses réponses jusqu'ici, elle avait essayé de me dire la vérité autant que son esprit dérangé le lui permettait. La femme acheva son long discours en racontant la pénible histoire de l'existence de la jeune fille et en m'assurant que, si on le voulait, on pourrait mener une enquête officielle dès le lendemain matin. Mais l'essentiel de cet effort louable n'eut aucun effet sur moi.

— Non ! m'exclamai-je. Je ne la laisserai pas une nuit de plus entre vos mains démoniaques. Il y a eu un crime ici, d'un genre si affreux que vos mensonges n'y peuvent rien. Je vous épargnerai la justice à condition que vous vous écartiez et me laissiez emporter tranquillement cette jeune fille.

En disant cela, je saisis Annette et son bébé et je me dirigeai vers la porte, mais la colère de Joe se déchaîna et il bondit devant moi, son arme dressée.

— Non ! cria-t-il, pas tant que je s'rai en vie !

En un instant, j'avais déposé Annette sur le côté et lancé une chaise à travers la vitre. J'enjambai l'ouverture ainsi créée et j'appelais de toute mes forces. L'appel au secours fut relayé dans toute la rue par d'autres cris, et déjà on se dirigeait vers la maison. Je jetai un coup d'œil à mes ennemis. Le brigand, pris par surprise, était resté un moment frappé de stupeur, mais il s'était repris et se dirigeait désormais vers moi avec la ferme intention de me tuer. A cet instant, le sifflet aigu d'un policier traversa la nuit. Ce bruit, qui ne laisse personne indifférent, ébranla le gaillard au point de le priver de toute volonté. Son visage pâlit et ses mains retombèrent.

— Joe, appela sa mère prise d'une grande inquiétude, fais sortir les gars et r'viens ici. On va voir c'qu'on va voir.

L'homme, pressé par le danger, fit sortir la bande de créatures abruties et revint encadré de deux policiers qu'accompagnait une foule de badauds curieux et effrayés.

— Fermez la porte, criai-je. Les policiers entrèrent et refermèrent la porte devant la foule.

— Qui donc a appelé à l'aide ? Qu'est-ce qui se passe ici ? demanda l'un des agents.

— C'est moi qui ai appelé, répondis-je.

— Ohé, Simpson ! dit le même policier interpellant Joe. Tu essayais de faire son affaire à ce monsieur, hein ? Tu te tenais tranquille depuis si longtemps que je commençais à croire que tu avais laissé tomber ce genre d'activité et que tu t'en tenais à la mendicité... Eh bien, monsieur, qu'est-ce qu'on a essayé de vous faire ? conclut l'agent s'adressant à moi.

— Rien, je vous assure, répondis-je, mais c'est cette fille, que j'ai connue lorsqu'elle était toute petite... Je l'ai trouvée ici, j'ai souhaité l'emmener et cet homme a cherché à m'en empêcher. Il m'aurait tué. J'aimerais que vous m'aidiez à la tirer de ce repère de brigands.

— Cette fille, avec le gosse ? Oh, mais c'est une des meilleures mendiantes de Simpson !

A sa demande, je lui racontai tout ce qui s'était passé depuis que j'avais vu Annette dans la rue.

— Elle est une de ses mendiantes, vous dites ? ajoutai-je, alors c'est une infamie plus grande et plus condamnable encore. Ils racontent qu'elle est mariée. C'est un mensonge, mais voyez, elle a un bébé !

— Ah ah ! s'exclama l'agent, en jetant un regard sévère à Simpson, qui pris sous le feu de ces graves accusations cherchait sa mère des yeux.

Elle intervint alors :

— J'voudrais y dire un mot à c'gentleman, rien qu'lui et moi.

Je la suivis dans un coin de la pièce et elle murmura :

— Qu'est-ce qu'vous voulez donc faire, m'sieur ? me demanda-t-elle.

— Je voudrais amener cette fille au poste de police.

— Ah, dame ! Elle est un peu folle, et d'vous à moi, j's'rais pas fâchée d'en êt' débarrassée.

— Vous et votre fils nous accompagnerez aussi au poste, mais en tant que prisonniers, pour y répondre de vos crimes.

Elle ne fut pas surprise de ces derniers mots, mais son regard se durcit et se fit si inquiétant, si pénétrant, si décidé qu'il me mit mal à l'aise.

— J'crois pas qu'vous devriez faire ça, dit-elle très lentement et sans relâcher l'étreinte de ses yeux. Il y avait une fois un homme qu'avait eu comme idée de *décharger* les gens qu'avaient pas l'sang pour s'suicider, mais quand qu'ça s'est su, on l'a démasqué et il a fait l'reste de ses jours en prison... Moi et mon fils, on veut pas d'histoires avec *vous*, et vous y avez pas l'air d'un gentleman qui parle de trop.

Je la laissai là et je retournai auprès des policiers. Annette était assise, serrant son bébé avec tendresse mais son regard était si pathétique et désespéré, si troublé par la peur, sa conscience si manifestement ébranlée, que, malgré mon désir de la rassurer, je sentais son esprit, ou du moins ce qui en restait, partir à la dérive. Je dis aux policiers :

— J'aimerais emmener cette jeune fille à l'hôpital du Dr Arnold. Auriez-vous la bonté de m'aider ?

— Et Simpson, on l'emmène au poste ? entendis-je en même temps que le cliquetis glacial des menottes.

— Non... Pas maintenant. Vous aurez bien d'autres occasions. L'urgence est ailleurs.

Annette résista peu, et personne ne se mit en travers de notre chemin. Elle sanglotait dans la voiture, et tenait des propos incohérents à son bébé en pleurs. On l'installa confortablement à l'hôpital, mais elle ne cessait de pleurer.

— Sa folie est presque totale, dit le Dr Arnold. Le choc a été trop important.

Je lui confiai l'histoire d'Annette, sans omettre l'épisode de la Compagnie Générale de Déchargement et ce qu'elle y avait connu. Il me posa de nombreuses questions. Son esprit était plus rapide et plus perspicace que le mien.

— Sans le savoir, vous avez révélé une nouvelle et bien singulière forme de crime, dit-il après être resté silencieux un long moment en regardant le sol. La Compagnie Générale de Déchargement n'a jamais tué personne.

Je le regardai à la fois surpris et incrédule.

— Il n'y a pas eu un seul mort, poursuivit-il. On a seulement administré aux victimes une drogue qui détruisait partiellement leurs capacités intellectuelles et totalement leur mémoire. Êtes-vous si sûr que Reiferth aurait osé ôter la vie à qui que ce soit ? Le risque était trop grand et ce plan n'avait pas l'avantage et l'astuce de générer, comme celui-ci, des revenus récurrents.

Je ne le compris pas immédiatement.

— Avec leur esprit amoindri, les victimes faisaient de parfaits clochards, expliqua le médecin. Les malheureux étaient envoyés de San Francisco à Philadelphie, où il y avait peu de risques qu'ils soient reconnus, et ils étaient maintenus dans l'état de mendicité par l'honorable agence du sieur Joe Simpson et de sa mère. Quant à la Compagnie Générale de Déchargement, leur zèle lui rapportait une somme rondelette. Ces hommes au visage inexpressif que vous avez vus chez Simpson, comme cette pauvre fille, ont été les victimes de l'étrange traitement de cette société, et sont employés comme mendiants.

Toute cette explication me sembla assez confuse à ce moment-là, car j'étais épuisé par la tension des dernières heures, et très énervé par l'extraordinaire joie de retrouver Annette vivante, de pouvoir m'occuper d'elle à nouveau.

— Peut-on lui faire retrouver son ancienne condition ? demandai-je.

Il me répondit sur un ton grave :

— Il y a une petite chance... Ce sera un moyen assez désespéré... S'il échoue, c'est la folie irrémédiable. Ou la mort.

On apprit plus tard, en enquêtant sur les méthodes de Simpson, que ma pauvre Annette n'avait jamais été mère, son innocence et sa douceur l'ayant sans doute protégée de la plus méprisable brutalité. C'était une invention que l'on avait faite pour s'assurer complètement de sa docilité.

Annette se débattit pendant des jours dans les abysses de la folie, puis elle se réveilla.

— Ah, s'exclama-t-elle, je suis encore vivante ! Pourquoi M. Reiferth n'a-t-il pas tenu sa promesse ? Ai-je dormi longtemps ?

Plus d'une année, Annette, mais le terrible cauchemar que tu as vécu durant cette période n'a laissé aucune trace dans ta mémoire !

Le doux vent d'Ouest et le généreux soleil qui bercent la Californie apportent leurs bienfaits au riche comme au pauvre, au fortuné comme au malchanceux, au gai comme au triste. Et je crois que ces vents favorables et tous ces jours de soleil ont une attention spéciale pour les foyers nés dans la souffrance, l'incompréhension, l'obscurité, le crime parfois, et qui parviennent malgré tout au bonheur. Notre foyer est de ceux là, à Annette et moi, désormais mari et femme pour l'église et pour la loi.

TABLE

Impression réalisée par

CPI
Brodard & Taupin

La Flèche (Sarthe), 55315
N° d'édition : 4222
Dépôt légal : novembre 2009

Imprimé en France